모방에서 창조까지 하는 에이전트

모방에서 창조까지 하는 에이전트 5

킹묵 현대 판타지 장편소설

초판 1쇄 찍은 날 § 2022년 12월 21일
초판 1쇄 펴낸 날 § 2022년 12월 28일

지은이 § 킹묵
펴낸이 § 서경석

총괄팀장 § 황창선
편집책임 § 박현성
디자인 § 스튜디오 이너스

펴낸곳 § 도서출판 청어람
등록번호 § 제387-1999-000006호
등록일자 § 1999. 5. 31
어람번호 § 제1-3202호

본사 § 경기도 부천시 부일로 483번길 40 서경B/D 3F (우) 14640
편집부 § 서울특별시 구로구 디지털로 272 한신IT타워 404호 (우) 08389
전화 § 02-6956-0531 팩스 § 02-6956-0532
http://www.chungeoram.com
E-mail § chungeorambook@daum.net

ISBN 979-11-04-92471-2 04810
ISBN 979-11-04-92457-6 (세트)

킹묵 현대 판타지 소설

MODERN FANTASTIC STORY

모방에서 창조까지 하는
에이전트

5

모방에서 창조까지 하는
에이전트

목차

제1장 연예인병II ·· 7

제2장 흉내 ·· 21

제3장 형제니까 ·· 45

제4장 만능맨 ·· 59

제5장 누구의 편 ·· 93

제6장 리얼 팬텀 ·· 119

제7장 그는 누구인가 ·· 155

제8장 채이주의 첫방 ·· 191

제9장 친분 자랑 ·· 217

제10장 19 왜 ·· 231

제11장 팀원 선택 ·· 267

제1장

—

연예인병Ⅱ

아마 유재섭이라면 정만의 상태를 눈치챌 것 같았다. 그러니 너무 대놓고 말을 해 버리면 세원처럼 혼날 수 있었다. 하지만 아무래도 유재섭이 다른 소속사이다 보니 그런 모습은 또 보고 싶지 않았다. 잠시 고민하던 태진은 유재섭에게 조심스럽게 말했다.

"촬영 들어가기 전에 다시 맞춰 보는 게 어떨까요?"

유재섭은 의아한 표정으로 태진을 쳐다봤다.

"연습이 부족한 게 아니라 마인드가 문제인 거예요. 연습은 아까 한참 했잖아요."
"그래도 다들 긴장도 풀 겸……."

"지금 시간이 별로 없는데."

지금도 스태프들이 초조해하며 이쪽 얘기가 언제 끝나나 지켜보는 중이었다. 이대로 촬영에 들어가면 분명히 정만이 제대로 된 연기를 할 수가 없을 것 같았다. 그리고 유재섭이 정만에게도 세원과 같은 조언을 해 줄지 알 수가 없었다. 그때, 순간 좋은 생각이 떠올랐다. 제대로 된 연기를 보면 자극이 될 것 같았다.

"그러면 유재섭 배우님이 간단하게 느낌만 보여 주시면 어떨까요?"
"아, 내가 연기하는 것도 아닌데. 너희들도 보고 싶어?"

다들 고개를 끄덕이자 유재섭이 고개를 끄덕거렸다. 그러고는 갑자기 태진을 봤다.

"지금 문제는 세원이 같네요. 제가 세원이 역할 할 테니까 정만이 역할은 한 팀장이 해 주세요."

이렇게 될 거라고는 생각을 못 했던 태진은 엄청 당황했다. 정만에게 문제가 있다는 건 아예 모르는 눈치였다. 만약 지금 두통이 있는 상태라면 최고의 배우를 골라 대사를 해 줬을 텐데 지금은 컨디션이 너무 좋았다.

'아… 마땅히 누구 따라 할 사람이…….'

순간 또 다른 방법이 떠올랐다. 완전 상반된 경우였고, 지금 컨디션으로도 완벽하게 따라 할 수 있었다.

"네, 그럴게요."

그러자 유재섭이 곧바로 연기에 들어갔다. 표정부터 게슴츠레하게 뜨고는 이리저리 둘러보더니 대상을 찾았다는 듯 못마땅한 표정을 지었다.

"최 선생, 어디 댄스학원이라도 차렸어요?"
"아! 교감선생님. 그게 무슨 말씀이세요?"
"아니에요? 그럼 돈이라도 받은 건가요?"
"네……? 무슨 말씀이신지……?"
"아니에요? 이상하네. 난 또 학생들 댄스 대회에 나가라고 추천해서 그런가 했죠."
"아… 그건 원래 승훈이가 춤을 좋아하고 잘 춰서 제가……."
"우리 학교가 연예인 양성소도 아니고, 좀 그렇죠? 최 선생은 우리 학교 그만두고 어디 예고로 옮길 생각인가 봐요?"

계속해서 비꼬며 대화를 이어 나갔다. 표정과 억양이 어우러져 연기임에도 불쾌한 기분이 들었다. 그렇게 한참 대사를 이어 나가던 유재섭의 마지막 말을 끝으로 시범이 끝났다.

"다 저마다 역할이 있는 거예요. 선생은 학생이 올바른 길로 갈 수 있게 안내를 해 줘야 되는데 최 선생 내비는 고장이라도 난 건가요? 그렇지 않고서는 공부 잘하는 학생을 다른 길로 안내해 주는 건 좀 아니죠?"

대사가 끝나자 참가자들 모두가 조용히 박수를 쳤고, 유재섭은 피식 웃으며 태진을 봤다.

"뭘 박수까지 치고 그래. 어때, 사람 기분 나쁘게 만드는 것도 방법이 여러 가지야. 아무튼 참고가 됐으면 좋겠다. 한 팀장도 도와줘서 고마워요."

"아닙니다."

"그런데 한 팀장 연기할 때 목소리가 어디서 들어 본 거 같은데… 아닌가? 아무튼 연기는 잘 못하네요? 다 잘할 줄 알았는데. 하하, 좀 당황하고 그래야 되는데 너무 멀쩡한데요?"

"아! 그게 최대한 도움이 되려고 정만 씨를 따라 해 봤거든요."

"정만이요? 아, 비슷했던 거 같다. 그런데 정만이는 연기 잘하죠."

정만은 스스로를 가리키며 확인하는 표정이었고, 다른 참가자들은 농담으로 생각했는지 가볍게 웃었다.

"오늘 보니까 예전에 봤던 영상하고 비슷한 거 같아서요. 정만 씨 Y튜브에 있거든요."

"하하하. 알았어요. 참! 배우도 아닌데 못할 수도 있지."

태진이 변명을 한다고 생각한 모양이었다. 하지만 정만은 그 말이 신경이 쓰인 모양이었다. 태진이 표정은 없지만, 대사나 느낌만으로도 연기를 잘한다고 생각하고 있었는데 지금의 연기는 영 아니었다. 그런데 그 연기가 자신을 따라 한 것이라는 말이 신경 쓰였다. 더군다나 태진이 했던 조언으로 여기까지 올라왔다 보니 태진의 말을 허투루 넘길 수가 없었다. 그때, 유재섭이 참가자들을 일으켜 세우고는 크게 외쳤다.

"그럼 다시 시작합시다. 지금부터 빠르게 나갈 테니까 준비들 해 주시고요."

세원도 의지를 다지며 밖으로 나갔다. 그러자 남아 있던 정만이 태진을 조심스럽게 불렀다.

"저기… 형."
"네?"
"저 연기 이상했어요?"
"이상하다기보다는 예전에 올린 영상에서 봤던 거 같은 느낌이던데요. 한 4, 5번째 정도?"

수많은 영상 중에 초반에 올린 영상과 비슷하다는 말에 많은 생각이 드는 모습이었다. 자기가 올린 영상이니 누구보다 잘 알고 있었기에 어떤 연기를 했었는지 알고 있었다.

"형… 진짜 그렇게 보이셨어요?"

"네, 진짜요. 제대로 연습한 게 아니라서 그런가 그렇게 보였어요. 촬영 들어가면 제대로 할 거잖아요."

"네? 아… 네."

순간 많은 감정이 교차했고, 그중 가장 처음에 든 떠오른 건 다시 예전처럼 혼자 촬영하던 때로 돌아갈 수도 있다는 불안감이었다. 곧이어 많은 사람들이 지켜보는 앞에서 그런 연기를 한다면 창피할 것 같다는 생각이 들었다. 마음이 조급해진 정만은 태진에게 말했다.

"형, 죄송한데 잠깐 대사 좀 맞춰 주실 수 있을까요?"

"네, 물론이죠."

이제야 정신을 차린 듯한 정만의 모습에 태진은 흔쾌히 대사를 맞춰 주었다. 확실히 좀 전보다는 훨씬 나은 연기였지만, 그래도 발전 속도가 빨랐던 그런 특출난 모습은 보이지 않았다. 전 미션과 비슷한 느낌이었는데, 아쉽긴 해도 이렇게만 연기해도 다행이었다.

그렇게 촬영이 진행되었고, 유재섭에게 혼난 김세원이나 태진에게 깨달음을 얻은 정만까지 모두가 최선을 다해 연기를 펼쳤다. 둘 다 여기까지 올라온 만큼 괜찮은 연기를 펼치긴 했지만, 아무래도 역할상 세원에게 좀 더 주목이 될 터였다. 지켜보던 교사들과 직원들도 세원의 연기에 공감을 했다.

"어우, 보고만 있어도 짱나."

"그래요? 우리 교감쌤은 안 그러잖아요."

"저 비꼬면서 질문하는 저거! 저걸 그대로 군대에서 자주 겪었거든요. 막 질문 던지잖아요. 그런데 단번에 알아 버리면 그걸 알면서도 한 나쁜 놈이 되는 거고, 모르고 어리바리하면 저렇게 계속 갈굼당해야 되거든요."

"아!"

"막 억울하고 화도 나는데 설명할 기회도 주지 않고 계속 갈굼만 먹으면 딱 저 사람 같은 표정이 저절로 나와요."

"그렇겠다!"

"아무튼 저 사람 잘하네. 사람 좀 많이 갈궈 봤나 보네요."

지금은 정만이 저런 반응을 알아채지 못했을 테지만, 아마 곧 느끼게 될 것이었다. 아니나 다를까, 촬영이 끝나고 참가자들이 교무실에서 나오자 다들 기다렸다는 듯이 사진을 찍어 대기 시작했다. 물론 그 와중에 정만을 찍기도 했지만, 세원과는 반응 자체가 달랐다.

"방송 잘 봤어요! 응원할게요!"

정만에게는 이런 상투적인 응원이 전부인 반면, 세원에게는 연기에 대한 말이 나왔다.

"어쩜 그렇게 얄밉게 잘해요?"

"분장이에요? 잘 어울려요! 진짜 고약해 보여요."

먼저 앞으로 나가서 기다리던 태진은 정만의 표정을 쳐다봤다. 확실히 자극이 된 모양이었다. 아까와 같은 마음이었다면 지금 상황을 겪으며 당황하고 부끄러워했을 텐데, 지금 정만의 표정에서는 상황을 완전히 이해하고 받아들였다는 것이 느껴졌다.

'오히려 괜찮은 거 같기도 하고.'

대체 무슨 일을 겪었는지 알 수가 없었지만, 이제는 웬만한 일에는 흔들리지 않을 것처럼 보였다. 그런 정만이 태진의 앞에 멈춰 섰다. 의지를 다진 듯한 정만이지만 태진에게는 영 부끄러운지 쭈뼛대며 말했다.

"형, 우리는 휴대폰 안 걷어요?"

"휴대폰이요?"

"오디션 방송 보면 합숙할 때 휴대폰 걷고 그러잖아요."

"아, 그런 것도 있었죠. 우리는 그런 거 없는데. 왜요?"

"자꾸 보게 돼서요. 부숴 버리자니 할부도 많이 남았고… 없으면 좀 나을까 해서요."

"갑자기 휴대폰은 왜요?"

"그게… 방송 보고 연락이 너무 많이 와서요."

태진은 그제야 정만이 이상했던 이유를 알 것 같았다. 하지만 많이 오면 얼마나 많이 온다고 저런 말을 하는 건지 공감은 되지 않았다. 그래서인지 원래도 표정이 없는 태진인데 별다른 반응이 없자 정만이 민망해하며 말했다.

"아니에요. 그냥 일단 정지하든가 해야겠어요."

"정지해도 와이파이 있으면 인터넷 되는데."

"아! 아, 그렇네. 하하… 그런데 이번에는 저 옛날 영상 같진 않았죠?"

"네, 그거보단 훨씬 좋아졌어요."

"휴, 다행이다. 안 그래도 사람들이 앞부분에 올린 영상들 연기 이상하다고 그런 댓글 남겼었거든요."

"원래 댓글 없었는데."

"이번에 방송 나가고 많이들 찾아 주시더라고요. 아무튼 감사해요. 형 덕분에 조금 정신 차린 거 같아요. 저 열심히 할게요."

정만은 혼자 말하고도 민망한지 어색하게 웃으며 차로 향했다. 태진도 그런 정만을 보며 잘됐다고 생각했다. 그러던 중 정만이 말한 댓글이 뭔지 궁금해져 휴대폰을 꺼내 Y튜브 정만의 채널에 들어갔다.

"어……?"

채널명은 예천 최씨 그대로였다. 다만 얼마 전까지만 하더라도 구독자가 백 명 남짓이었는데 지금은 완전히 달라져 있었다.

"일, 십, 백, 천… 십일만 명이네……."

방송 나간 지 이틀밖에 안 됐는데 구독자가 천 배가 늘어나 있었다. 게다가 기존에는 조회수의 대부분이 태진이 올려 놓은 것이었는데 이제는 아니었다. 최근에 올렸던 영상의 조회수마저 어마어마했고, 댓글은 셀 수조차 없었다.

'이러니까 정만 씨가 저러지!'

이제는 정만의 행동이 완전히 이해되었다. 그와 동시에 방송의 힘이 대단하다는 걸 느끼는 중이었다.

'어… 나도 방송에 나올 텐데…….'

그러고 보니 방송 중 필의 통역사 역을 했기에 어떻게든 TV에 나올 것이었다.

'에이, 아니겠지.'

학교를 안 다녀 친구도 없었고, 친구가 있다고 하더라도 방송에 잠깐 나오는 것이다 보니 걱정하는 것 자체가 우스웠다.

　　　　*　　　　*　　　　*

　며칠 뒤. 촬영이 모두 끝이 났고, 참가자들 모두가 다시 연습실에 자리해 편집된 영상을 보는 중이었다. 참가자들은 이제는 더 이상 다시 할 수 없다는 걸 알아서인지 아니면 만족스러운 연기를 펼쳐서인지 알 수는 없지만, 모두가 편안한 표정들이었다. 그렇게 서로의 연기를 보며 놀리기도 하고 놀라기도 하며 영상을 봤다.

　"상당히 괜찮아. 전부 다 잘했고 수고했어. 그래도 아직 끝난 건 아니야."
　"재촬영 기회 있어요?"

　아직까지 아쉬운 모양인지 정만이 질문을 했고, 유재섭은 웃으며 고개를 저었다.

　"재촬영은 없어. 기회는 동일해야지. 형평성에 어긋나잖아. 이제 우리가 무슨 작업을 해야 될까?"

　다들 모르겠는지 입을 다물었다. 그러자 유재섭이 아무 말이나 해 보라는 듯 한 명씩 찍어 가며 질문을 했다.

　"하긴 모를 수도 있지. 원래 배우란 게 연기만 하면 다거든. 그런데 여기서는 종합적인 걸 보고 싶어서 그런 거야."

"뭐 해야 되는데요?"

"배경음하고 효과음을 넣어야지. 그래야 감정 전달이 좀 더 잘되니까. 내가 가진 100만큼 연기를 했어도 거기에 맞는 배경음이 들어가면 연기가 100보다 높게 보이게 되는 거야. 그래서 지금부터 너희들하고 같이 곡을 찾을 거야. 추려 오긴 했고, 지금 음악감독님도 오실 거야. 그 전에 미리 들어 보면서 찾아보자."

이미 진행 과정에 대해서 전해 들었던 태진은 미리 어떤 곡들이 있는지 들어 보는 중이었다. 만약 어울리는 가수를 뽑는다면 쉽게 찾을 수 있을 텐데 연기에 어울리는 곡을 찾아야 하다 보니 아직까지는 감이 오지 않았다.

제2장
—
흉내

플레이스에서 섭외한 음악감독이 왔고, 전문가답게 배경음부터 효과음까지 직접 추천을 해 주는 중이었다. 참가자들의 연기에 배경음이 들어가자 확실히 더 느낌이 살아났다.

"이것도 앞부분 대사에 힘을 실어 주면 나름 괜찮죠? 예전에 제가 광고에 참여할 때 사용했던 곡인데 지금하고 느낌이 비슷해요. 멜로디언 소리로 친근하게 느껴지면서 경쾌한 멜로디로 기분까지 업 시키는 그런 곡이에요."

"아, 들어 봤어요. 시골 배경에 이 곡 많이 나오잖아요."

"하하. 제가 속한 팀에서 만든 곡이죠."

"우와!"

참가자들의 감탄에 음악감독이 가볍게 웃었다. 그만큼 유명한 곡이었고, 태진도 물론 알고 있는 곡이었다. 시골 배경이나 여유로운 곳에서 자전거를 타는 장면 등에 주로 사용되는 곡으로, 확실히 많은 사람들이 알고 있는 곡이었다. 다만 캠페인에는 성적이 떨어져 고민하는 승훈, 교감 역을 맡았던 세원에게 혼나는 정만, 윤중과 희애의 다투는 장면 등이 나오다 보니 어울리지 않았다. 어둡진 않더라도 다른 분위기가 있었으면 좋을 텐데 지금 곡은 너무 평화롭기만 한 곡이었다. 그때, 음악감독이 씨익 웃으며 말했다.

　"그래도 이건 이미 많이 나온 곡이니까 좀 식상하죠? 혹시 저희가 보낸 곡들 다 들어 보셨어요?"
　"지금 듣는 중이었어요."
　"그중에 4, 5번 곡은 이번에 새로 작곡한 곡입니다. 아마 그 둘 중에 한 곡을 쓰시는 게 좋을 것 같네요."

　자신들을 위해 곡을 새로 만들었다는 말에 참가자들은 기분 좋은 표정들이었다. 내심 걱정하던 태진도 저렇게 신경을 써 주는 음악감독의 모습을 보자 약간 걱정이 가셨다. 그때, 유재섭이 웃으며 감사 인사를 했다.

　"이 감독님! 정말 감사해요."
　"에이, 뭘요. 다 돈 받고 하는 건데 제가 더 고맙죠!"
　"그래도 곡도 만들어 주시는데 감사하죠."

"처음에는 우리도 그냥 있던 곡으로 하려고 했는데 저기 어디지, MfB? 거기서 아주 작정하고 한다니까 우리도 어쩔 수 없죠."

"MfB요?"

자신의 회사 이름이 들려오자 태진의 귀가 쫑긋했다.

"여기는 인맥으로 밀지만 거기는 자본으로 밀던데요. 이번에 캠페인 총감독이 김 프로라고 하더라고요."

"김 프로요? 그게 누군데요?"

"광고 회사 C AD 모르세요? 엄청 유명한데. C AD가 우리나라 원톱 광고 회사잖아요. 캠페인으로 칸 그랑프리에서 상까지 받은 회사인데."

회사 이름만 듣고는 몰랐던 사람들이 칸 그랑프리에서 상을 받았다고 하자 전부 다 깜짝 놀랐다. 광고 하나로 대형 마트를 업계 1위로 만들어 놓은 광고 회사로, 뉴스에까지 소개된 곳이었다.

"아! 거기구나! 뉴스에서 봤어요."

"거기 대빵 김한겸 프로라고 있는데 그 사람이 맡았다더라고요. 그 사람 오면 음악감독이 또 따라와요. 옛날 천가길이라는 그룹에서 드럼 치던 사람인데 기가 막혀요. C AD에서 만든 광고음악이 전부 그 사람이 만든 거예요. 그러니까 비교 안 되려면 우리도 죽자 살자 해야죠."

감독의 말이 끝나자 유재섭은 약간 서운해하는 표정으로 태진을 쳐다봤다. 아마도 알면 얘기 좀 해 주지 그랬냐는 느낌이었다. 하지만 태진도 회사에서 아무런 연락을 받은 것이 없기에 처음 듣는 얘기였다. 그러다 보니 태진이 더 어이가 없는 상태였다. 지원 팀이라고 하더라도 같이 일을 하고 있다고 생각했는데 지금 보니 지금 맡은 팀에 대한 보고만 할 뿐 MfB에 남은 팀에 대해서는 아무것도 아는 게 없었다. 아니, 누구 하나 알려 주는 사람이 없었다.

마치 MfB가 아니라 플레이스 소속이 된 느낌까지 받았다. 그러다 보니 묘하게 지기 싫은 마음이 생겨 버렸다. 태진은 일단 이번 미션을 함께하는 참가자들과 유재섭에게 먼저 말했다.

"저도 몰랐어요."
"진짜요?"
"네, 저 1팀이 아니라서요."
"그래요? 그럼! 정국 씨는요?"

이곳에는 태진만 있는 것이 아니었다. 캐스팅 에이전트 1팀에 소속된 직원도 하는 일은 없지만 이곳에 있었다. 유재섭이 따지는 듯이 물어보자 정국이라는 직원은 난감하다는 표정으로 말했다.

"누가 오는 게 중요하나요. 팀 미션인데… 지금 여기 안에서 탈락자가 생기는 거라……."
"그래도 비교가 되잖아요. 그리고 MfB에서만 우리 정보 알

거 아닙니까. 너무하네."

"그런 건 아니고… 저도 여기만 있어서 잘 몰라요. 그리고 플레이스도 다른 데 가 있는 팀 정보 받고 있잖아요. 그리고 여기서 하는 건 아마 자세히 알려 주지 않았을 걸요……?"

"하… 그걸……."

말을 하려던 유재섭은 이창진 실장을 떠올리고는 입을 다물었다. 정국이라는 직원의 말처럼 자신들 역시 그랬을 확률이 높았다. 하지만 없던 벽이 생긴 건 어쩔 수 없었다. 다행히 촬영이 끝나서 망정이지 참가자들 간에도 거리가 생길 뻔했다. 유재섭은 참가자들을 다독이기 위해 입을 열었다.

"자자, 됐어. 다른 팀이야 어쨌든 우리만 잘하면 되는 거야. 너희들이 한 연기 만족하잖아. 그럼 된 거야."

플레이스 소속의 참가자들은 유재섭의 다독거림에도 약간은 불쾌하다는 표정이었다. 태진은 MfB의 참가자들의 표정을 살폈다. 자신들이 한 건 아무것도 없는데 뭐가 미안한지 죄지은 듯한 표정들이었다. 태진은 그런 참가자들의 표정을 보니 마음이 좋지 않았다.

사실 C AD가 합류했다는 걸 알고 있었다 하더라도 달라지는 건 없었다. 플레이스도 김정연 작가를 비롯해 배정진, 이정훈 배우까지 합세했고, 지금 있는 음악감독도 꽤 이름 있는 사람이었다. 이름만 놓고 보면 절대 부족할 리가 없었다. 다만 오디션이

다 보니 누군가는 탈락하게 된다는 불안감이 지금 상황을 만든 것 같았다. 만약 탈락을 하면 원인을 여기에 두고 위안을 삼으려고 하는 것처럼 보였다.

'음…….'

태진은 참가자들을 위해 무엇을 해 줄 수 있는지 생각해 봤지만, 지금으로서는 딱히 해 줄 수 있는 것이 없었다. MfB처럼 유명한 사람들을 섭외할 수도 없는 노릇이었다. 잠시 라온에 부탁을 해 볼까 생각도 해 봤지만, 라온이라고 해도 뾰족한 수가 없을 것이었다. BGM이다 보니 가사를 붙여 노래를 부르기도 애매했고, 그럴 시간도 부족했다. 게다가 제작진의 동의 없이 먼저 공개를 할 수도 없었다. 라온에 연락해 도와 달라고 할 수 있는 거라고는 SNS에 언급 정도가 전부 같았다.

그동안 채이주나 로젠 필 등 대단한 사람들과 일을 했고, 라온의 의뢰 등 여러 가지 일에서 성과를 이뤄 내다 보니 자신감이 생겼었다. 하지만 막상 지금은 아무것도 할 수 없다 보니 자신이 신입이라는 것을 새삼 느끼는 중이었다. 게다가 전에 수잔이 말했던 인맥 관리도 필요하다는 사실을 절감했다. 그때, 갑자기 연습실 문이 열리면서 익숙한 얼굴이 들어왔다.

"안녕하세요. 날도 더운데 고생하십니다! 커피 한잔씩들 드세요. 채이주 배우님이 쏘시는 거예요."

채이주의 매니저가 먼저 들어온 뒤, 곧이어 채이주 역시 커피를 든 채 등장했다.

"쉬는 시간이었어요? 잘 맞춰 왔네!"

참가자들에게 먼저 인사를 건넨 채이주는 음악감독과도 인사를 나눴다. 그러고는 곧장 태진의 옆에 자리했다.

"촬영 중 아니셨어요?"
"배려해 주셔서 짬이 났어요. 아, 맞다! 오늘 촬영장에 이창일 선생님이 오셨어요. 카메오로 출연해 주셨거든요."
"아, 그래요?"
"권단우도 데려오셨던데요?"
"권단우요?"
"네, 촬영장 구경시켜 준다고 데려오셨어요. 처음에 권단우인지 몰랐는데 권단우라고 인사하더라고요."

이유가 궁금하긴 했지만, 그보단 지금 분위기가 우선이었다. 채이주 역시 이상함을 느꼈는지 말을 하다 말고 연습실을 훑어봤다.

"그런데 분위기가 왜 이래요? 뭔가 싸한데요?"

그때, 채이주가 사 온 커피 덕분에 참가자들에게 휴식을 준 유재섭이 이쪽으로 다가왔다.

"이주 씨."
"네, 선배님."
"이주 씨도 MfB에 C AD 온 거 알고 있었어요?"
"아, 네. 알고 있었죠."
"그럼 말을 좀 해 주지. 너무하시네."

채이주는 왜 유재섭이 섭섭해하는지 영문을 모르겠다는 표정으로 태진을 봤고, 태진은 방금 있었던 일을 설명했다. 그러자 채이주가 이해를 했다는 듯 고개를 끄덕이더니 말했다.

"MfB는 지금 엄청 고생 중인데. 그 김한겸이라는 기획자가 엄청 깐깐해요. 현장 가서 갑자기 시나리오 바꿔 보자고 하고 그러거든요. 그런데 또 바꿔 놓으면 그게 훨씬 좋긴 해요. 문제는 애들이 너무 힘들어하거든요."
"그래도 결과물이 좋으면 고생은 잊히겠죠. 고생 끝 행복 시작이잖아요."
"그렇긴 한데… 제가 보기에는 그런 걱정은 안 해도 될 거 같은데요."

채이주는 씨익 웃었고, 태진과 유재섭은 멀뚱히 채이주만을 쳐다봤다. 그러자 채이주가 한 손은 가슴 부위에 한 손은 배꼽 부위에 놓으며 말했다.

"제가 MfB 소속이라서 이런 말 하기는 좀 그런데, 기본적으로 연기력에서 차이가 나요. 이 정도? 그리고 지금 이 팀의 시나리오도 나쁘지 않아요. 그러다 보니까 전 오히려 이쪽이 더 좋더라고요."

유재섭도 그 말에는 동의한다는 듯 고개를 끄덕거렸다.

"그렇긴 하죠. 우리 애들 때문에 바나나엔터 가서 비교해 봐도 여기가 좀 잘하죠."
"네, 맞아요. 그러니까 다른 곳하고 비교할 필요는 없을 거 같아요. 오히려 이 팀에서 살아남을 걱정을 하는 게 우선일 거 같아요."
"그렇지……."

유재섭도 괜한 걱정을 했다는 걸 느꼈는지 어색하게 웃으며 말했다.

"그래도 애들 걱정하니까 이주 씨가 한마디라도 해 줘요. 너희들이 더 잘한다 이렇게 해 주면 힘 될 거잖아요."

어렵지 않은 부탁임에도 채이주는 난감해하며 손을 저었다.

"그건 좀……."
"아, 좀 그런가?"

"네, 만약에 다른 친구들이 알면 좀 서운해할 거 같아서요."

"하긴 나도 그렇게 응원하기는 좀 그러네. 저 양반들이 그런 거 방송에 안 내보낼 사람들이 아니지. 내 생각이 짧았어요."

태진의 생각도 같았다. 가뜩이나 채이주에게 힘을 실어 주고 있다 보니 훈훈한 장면이라며 방송에 내보낼 확률이 높았다. 그리고 유재섭이 한다 해도 힘들어하는 참가자들을 응원하는 모습으로 내보낼 것이었다. 훈훈한 장면을 연출하기에는 좋은 소재였다.

'내가 하면 방송에는 안 나올 거 같긴 한데⋯⋯.'

그렇다고 참가자들끼리 연기 비교를 하는 말은 태진도 역시 하기 어려웠다. MfB에 남아 있는 참가자들이 안다면 서운해할 것 같았다. 하지만 또 지금 참가자들을 보면 한마디라도 해 주는 게 나을 것도 같았다. 지금도 휴식 중인 참가자들은 MfB와 플레이스로 나뉘어 대화를 나누고 있었다. 그때, 채이주와 대화를 나누던 유재섭의 목소리가 들렸다.

"아, 저분은 애들 불안하게 괜히 그런 얘기를 해서. 후, 그래도 직접적이진 않더라도 뭔가 비교할 만한 거라도 있으면 좋았을 텐데."

"그렇다고 다른 팀 영상을 볼 순 없잖아요."

"그래야 다음 미션에도 힘 좀 얻을 텐데. 아마 다른 참가자들 데리고 우리 시나리오대로 하라고 했으면 이렇게 안 나왔을 거예요."

그 말을 들은 태진은 순간 자신이 할 수 있는 것이 떠올랐다. 그동안 라이브 액팅에 계속 참여하다 보니 참가자들의 연기는 이미 머릿속에 들어 있었다. 게다가 전부 다는 아니더라도 몇몇 참가자들은 흉내 내 본 적도 있었다. 흉내를 내 보지 않은 참가자들도 아직 완성된 연기를 보여 주진 않다 보니 어려울 것 같진 않았다. 물론 예전에 비해 달라져 있을 수도 있지만, 그건 별로 문제 되지 않았다. 오히려 예전의 연기를 보게 되면 다들 더 자신감을 얻을 수 있을 것 같았다.

태진은 잠시 참가자들을 쳐다보고는 혼자 뭔가 중얼거리기 시작했다.

갑자기 혼자 중얼거리는 태진의 모습에 채이주와 유재섭은 흠칫 놀라며 쳐다봤다.

"한 팀장 왜 저러는 거예요?"
"저도 잘 모르겠는데요……?"

두 사람의 의아한 시선에도 태진의 중얼거림은 멈추지 않았다. 그렇게 꽤 오랫동안 중얼거리던 태진이 드디어 입을 다물었다. 그러고는 갑자기 천천히 고개를 돌려 채이주와 유재섭을 쳐다봤다.

"이걸 어떻게 보여 줘야 될지 생각을 안 했네요……."

"네? 그게 뭔 소리예요?"

"차이를 좀 보여 주려고 했는데 갑자기 보여 주기에는 너무 뜬금없는 거 같아서요."

"뭐요?"

유재섭은 쉽게 이해가 되지 않는지 태진의 말을 전혀 알아듣지 못했다. 그리고 그건 채이주도 마찬가지였다. 하지만 태진에 대해 신뢰가 가득했기에 무언가를 준비했다고 생각했다.

"태진 씨, 다른 팀에서 영상 같은 거 받았어요?"

"아니요. 제가 직접 보여 주려고요."

"태진 씨가요?"

유재섭은 어이가 없다는 표정으로 헛웃음을 뱉었다.

"한 팀장이 참가자도 아닌데 보여 줘서 뭐 하려고요. 그래도 뭐, 한 팀장이 말하면 애들이 기운은 차리겠네요."

그때, 채이주가 갑자기 고개를 저었다. 예전에 태진을 처음 봤을 때 성대모사를 하던 모습이 떠올랐다. 너무 똑같아서 놀랄 정도였지만, 그때는 유명한 사람들이었기에 특징을 잡기 쉬웠을 것이다. 반면 지금 참가자들은 짧게 본 게 전부인 데다가 참가자들 수도 어마어마했기에 그건 아닐 거라는 생각에 고개를 저은 것이었다. 그때, 태진이 평소와 같은 표정으로 입을 열었다.

"먼저 한번 보실래요? 여자는 안 되고, 제가 표정도 안 돼서 대사만 들어 보세요."

"무슨 소리 하는지를 모르겠네."

"흉내를 내 보려고요."

"네?"

혹시 다른 무언가를 준비한 건가 하고 생각하던 유재섭이 한심하다는 표정으로 태진을 봤다. 하지만 태진은 개의치 않고 목을 가다듬고 입을 열었다.

"하아, 미치겠다. 엄마 알면 난리 날 텐데······."

처음은 춤을 추다 성적이 떨어진 승훈의 목소리로 시작했다. 그러자 유재섭이 갑자기 눈을 껌뻑거렸다.

"어······?"

"어때요?"

"뭐 틀어 놓은 거 아니죠?"

"비슷해요?"

"비슷한 정도가 아닌데요? 그냥 승훈이 목소리에 승훈이 톤인데?"

"그럼 똑같은 대사를 플레이스 김기영 씨로 해 볼게요."

태진은 똑같은 대사를 다른 목소리로 뱉었다. 그러자 유재섭의 눈이 동그래졌다.

"……."
"비슷하죠?"
"어우, 뭐야. 소름 끼치는데. 방금하고 완전 다른 목소린데."

옆에서 듣고 있던 채이주도 궁금했는지 유재섭에게 물었다.

"똑같아요?"
"완전 똑같아요. 몰카 아니죠? 와, 신기하다. 그냥 목소리만 똑같은 게 아니라 버릇까지 똑같아요. 기영이가 이상한 버릇이 있거든요. 대사 하기 전에 꼭 혀를 입천장에 붙였다가 떼서 쩝 소리 같은 걸 내서 그걸 엄청 지적했는데, 그거까지 똑같아요."

두 사람의 반응에 태진은 속으로 웃으며 말을 이었다.

"여기 앞부분은 민주 씨 대사라서 제가 못 해요. 대신 아빠로 바꿔서 해 볼게요."

태진은 혼자 중얼거리며 연습하던 것을 보여 주었다. 그렇게 조금씩 대사가 쌓여 갔고, 태진은 반응을 보기 위해 유재섭을 쳐다봤다. 그런데 보라는 연기 차이는 보지도 않고 입을 벌린 채 마치 방청객처럼 조그맣게 박수를 치고만 있었다. 그러던 중 태진이 세원과 정만의 연기로 넘어갔다.

"최 선생, 어디 댄스학원이라도 차렸어요?"

"아! 교감선생님. 그게 무슨 말씀이세요?"

"아니에요? 그럼 돈이라도 받은 건가요?"

"네……? 무슨 말씀이신지……?"

세원의 연기가 독특해서인지 다른 참가자의 목소리로 연기를
하자 확실히 차이가 드러났다. 느낌 자체가 완전히 달라져 버렸
다. 그러자 유재섭도 느꼈는지 진지한 표정으로 변했다.

"아, 그렇지. 세원이는 깐족대는 느낌에 비해 성훈이는 좀 진
지한 느낌이지. 여기서는 확실히 세원이 느낌이 더 잘 사네요.
그런데 정만이 대사는 누구예요?"

"저희 팀 임동건이라는 분이세요."

"아! 그렇지. 말투가 좀 쏘는 느낌이었는데 여기서도 그런 게
느껴지네. 당황하기보다는 싸우려는 느낌. 분위기 전체가 완전
달라지네요. 어? 그런데 성훈이는 MfB 아니고 바나나엔터 가 있
는데?"

"아, 그게 저도 MfB에 지금 누가 있는 줄 몰라서요. 비교하기
쉽게 플레이스 분들을 따라 해 봤어요."

"아, 그렇구나. 아니지, 그렇구나가 아니지! 진짜 놀랍네. 참가
자들 특징을 다 알아요? 어떻게 다 따라 해요?"

"그냥 흉내 내는 걸 좋아해서 하다 보니까 되더라고요."

사고 이후로 이렇게 됐다는 걸 설명하기 애매해서 그 부분은 얼버무렸다. 유재섭은 어이가 없다는 듯 헛웃음을 뱉었다. 좋아한다고 다 되는 것 자체가 이상했지만, 그렇다고 안 믿을 수도 없었다.

"이래서 여기저기서 한 팀장, 한 팀장, 하는구나. 이렇게 다 분석하고 있으니까 일을 그렇게 잘한다고 소문이 나지. 역시 모든 일에는 이유가 있어."
"아니에요."
"아니기는! 사실 그냥 뒤에서 다른 짓만 하고 있는 거 같아서 좀 그랬는데."

너무 계속된 칭찬에 태진이 멋쩍어할 때, 채이주가 입을 열었다.

"다른 짓이요?"
"혼자 무슨 소설 읽고, 노래 듣고, 막 그러더라고요."
"아! 맞다. 소설! 작가님이 태진 씨한테 들으라고 했는데."

갑자기 무슨 말인지 몰라 태진은 그저 멀뚱히 쳐다만 봤고, 채이주는 대화 중 옆길로 빠졌다는 걸 알고는 다시 말을 이었다.

"아무튼 태진 씨가 원래 다른 짓 하면서도 할 거 다 해요. 표정만 보면 뭘 해도 그냥 시큰둥한 거 같은데 누구보다 열심히 하는 거 같아요."

"이제 보니 그런 거 같네요. 도대체 무슨 수로 신입이 팀장이 된 건가 궁금했는데 이유가 있었군요."

멋쩍은 태진은 서둘러 말을 돌렸다.

"이거 보여 주면 힘 좀 얻을까요?"
"아무래도 그렇겠죠? 내가 보기에도 지금 시나리오는 우리 애들한테 제일 잘 맞는 거 같은데, 자기들도 느끼겠죠. 그런데 진짜 한 팀장 말처럼 갑자기 보여 주면 그림이 좀 이상하겠는데? 아까 그래서 그런 말 했던 거구나."

그때, 채이주가 피식 웃었다.

"뭐가 이상해요. 그냥 보여 주면 되잖아요. 태진 씨 살인마 연기 했을 때처럼!"
"그건 다들 하니까 저도 한 거고요."
"그럼 다들 하게 하면 되죠."
"어떻게요?"
"어차피 지금 분위기도 이상한데 분위기 쇄신할 겸!"

채이주는 자신만 믿으라는 듯 자신만만한 표정으로 참가자들에게 향했다. 그러고는 맨바닥에 늘어져 있거나 음악을 듣던 참가자들을 불러 모았다.

"분위기가 왜 이런지 유재섭 선배님께 얘기 들었어요. 그래서 미주 씨가 날 배신자처럼 봤던 거죠?"

"저요? 아니에요!"

"농담이에요. 말을 일부러 안 한 건 아니고 말할 필요를 별로 못 느꼈어요. 그리고 어느 한쪽을 더 챙기고 그런 것도 없고요. 오늘도 여기 먼저 온 것만 봐도 아시죠?"

태진은 신기한 표정으로 채이주를 봤다. 예전에는 볼 수 없었던 여유가 지금은 넘쳐흐르는 모습이었다.

"분위기 계속 이러면 여러분한테도 득이 될 건 없어요. 어차피 다른 팀이니까 신경 쓰지 말자고요. 일단 분위기 좀 바꿀 겸 장기 자랑 좀 해 보려고 하는데 어때요? 감독님 괜찮을까요?"

자신이 뱉은 말로 인해 분위기가 바뀐 것을 알고 있던 음악감독도 참가자들을 보더니 고개를 끄덕거렸다.

"그냥은 재미없으니까 상품 걸고! 상품은 뭐가 좋을까. 지금 가지고 있는 게 없는데 음, 제가 책임지고 호텔 식사권 드릴게요. 어때요? 다른 거 원하는 거 있나요?"

채이주의 상품이 마음에 들었는지 참가자들도 관심을 보이며 입을 열었다.

"진짜요?"

"촬영장 구경 가는 건 안 되나요?"

"마스터님들하고 단독으로 얘기할 수 있는 기회요."

채이주는 참가자들의 의견을 정리해 말했다.

"상품이 많으면 재미가 없잖아요. 상품은 1등만! 여러분의 의견을 종합해서 저나 유재섭 선배님 중 한 명을 선택해서 같이 식사를 하고, 오늘 밤에 촬영 있는데 같이 가는 걸로 하죠. 갔다가 매니저 오빠가 숙소로 데려다 줄 거예요. 오케이! 그럼 누가 시작할까요? 없어요? 그럼 나부터 할까요? 나 좀 잘해서 다들 안 하려고 할 텐데."

원래 밝았던 사람이 그동안 억눌려 있던 건 아니었을까 하는 생각이 들 정도로 채이주가 많이 변한 느낌이었다.

"그럼 전 성대모사로! 누군지 알려 주면 재미없으니까 맞히는 걸로! 그럼 할게요!"

채이주는 목을 가다듬었고, 태진은 무슨 성대모사를 할지 궁금한 마음에 관심 있게 바라봤다.

"이 미친 여자! 당신 진짜 미친 거지? 왜 하필이면 여기야! 너, 미국 가서 살면 안 되냐?"

마지막에는 소리까지 날 정도로 이마를 세게 쳤다. 하지만 그 누구도 채이주가 어떤 사람을 따라 한 건지 알아차리지 못했다. 이 많은 사람들 중에 답을 아는 사람은 단 한 명뿐이었다. 바로 태진이었다.

채이주는 지금 상대역인 배진성을 흉내 냈고, 태진은 매일 밤 그 연습을 봐 주고 있기에 알 수 있었다. 하지만 대본을 안 봤다면 아예 몰랐을 정도로 안 똑같았다. 맞히기가 미안할 정도였기에 태진은 그저 입을 다물고 있었다.

"아무도 몰라요? 아, 이상하다. 다들 비슷하다고 했는데."

"누군데요?"

"진짜 몰라요? 이 미친 여자! 비슷한데. 아무도 몰라요? 에이, 배진성 선배 흉낸데."

"네……?"

"이번 드라마에 나오는 장면이기는 해도 목소리는 비슷하지 않았어요? 호흡이랑?"

다들 어이가 없어 하면서도 한편으로는 서툰 성대모사 덕분에 해 볼 만하다는 생각이 드는 모양이었다. 다들 쭈뼛대며 손을 들기 시작했고 채이주가 한 명씩 지목하는 순으로 진행되었다.

"와! 승훈이 춤 엄청 잘 추네! 감독님 이 장면 방송에 꼭 나오게 해 주세요!"

채이주의 칭찬과 더불어 다들 자신의 모습이 방송에 한 번이라도 더 나올 수 있을 거란 생각에 참가자들은 생각보다 진지하게 임했다. 그러다 보니 서로 뭘 할지 묻기도 했고, 뭘 해야 좋을지 의견을 나누다 보니 아까 서로를 경계했던 분위기가 다소 누그러진 듯 보였다.

'이래서 회식 같은 거 하나 보구나.'

지금까지는 팀을 옮겨 다니는 수습이라 회식이 없었다면, 지금은 팀에 혼자였기에 회식을 할 수가 없었다. 이런 모습을 보자 약간 아쉽다는 생각도 들었다. 그때, 채이주가 갑자기 태진을 쳐다봤다.

"나도 했고, 선배님도 했고, 감독님들까지 다 했으니까 이제 태… 아니, 한 팀장님만 남았어요!"

갑자기 너무 주목을 받긴 했지만, 어차피 보여 줄 생각으로 이런 자리를 만든 것이었기에 태진은 빼지 않고 앞으로 나섰다. 그러자 참가자들이 예상하지 못했는지 약간 놀란 표정들을 지었다.

"오! 자신 있으신가 보다!"
"형, 또 살인마 같은 거 하면 안 돼요!"

"아! MfB에서 살인마 연기 했다고 그랬지! 궁금하다!"

다들 자세까지 고쳐 잡고 태진을 쳐다봤고, 태진은 그런 참가자들을 가만히 쳐다봤다. 사고 전 초등학교 친구들 앞에서 할 때 이후로 이렇게 많은 사람들 앞에서 흉내를 내게 되니 뭔가 약간 울컥한 기분도 들었다. 하지만 태진은 지금 그런 기분에 빠지기보단 참가자들이 뭔가를 느낄 수 있도록 제대로 흉내 내기 위해 가슴을 쓰다듬으며 입을 열었다.

그리고 그와 동시에 연습실 전체에 정적이 흘렀다.

제3장
—
형제니까

　장기 자랑의 1위는 만장일치로 태진이 되었다. 태진의 흉내를 본 순간부터 모두가 입을 쩍 벌린 채 지켜보기만 했기에 한 차례 더 흉내를 내야 했고, 두 번째를 보고 나서야 자신들의 연기와 다른 참가자들의 연기가 다르다는 것을 알아차렸다. 물론 그때까지도 알아차리지 못하고 그저 신기해하는 참가자들도 있지만, 더 이상 해 줄 수 있는 건 없었다. 그래도 태진의 성대모사와 더불어 장기 자랑 덕분에 무거웠던 분위기가 한결 가벼워졌다.

"태진 씨는 진짜 양파 같아요. 어떻게 사람이 까도 까도 끝이 없어요. 진짜 대단해요!"

"아니에요."

"아니긴요. 애들 표정 봐요. 지금도 계속 힐끔거리는데! 애들만 그런 게 아니라 저기 카메라 감독님들 봐요. 푸흡. 몇 분은 태진 씨 찍고 있잖아요. 웃기다, 그죠?"

"채이주 씨 찍는 거겠죠."

"에이! 아니에요. 저 카메라 감독님은 참가자들 찍던 분인데 지금 태진 씨 찍잖아요. 방송에 좀 나가겠는데요? 그리고 여기저기 캠 많아서 무조건 방송에 나올 거 같은데!"

고개를 돌려 보니 채이주의 말처럼 카메라 감독들이 이쪽을 담고 있었다. 하지만 금방 카메라가 돌아갔다. 아마 방송에는 나오더라도 짧게 편집돼서 나가는 정도가 다일 듯싶었다. 어렸을 때, 코미디언이 되고 싶어 하던 그때면 모를까 지금은 방송에 나가고 싶은 욕심은 없었다.

"아무튼 진짜 장기 자랑 하길 잘했어요. 내 아이디어가 좀 쩐 듯!"

"그러게요. 다들 아까보단 좋아 보이네요."

"좋은 정도가 아니죠. 애들한테도 좋고 우리한테도 좋고. 아! 우리 아니고 태진 씨!"

"네?"

"눈빛들 봐요. 유재섭 선배가 좋게 포장해 줘서 눈빛들이 장난 아니에요."

태진의 흉내를 본 유재섭이 캐스팅 에이전트답게 참가자들의 특징을 제대로 알고 있다며 칭찬을 아끼지 않았다. 물론 참가자들을 칭찬하기 위한 배경에 불과한 말이었지만, 태진의 흉내가

너무 똑같은 나머지 참가자들은 다르게 받아들인 듯했다. 지금
도 몇몇 참가자들은 무언가를 갈구하는 눈빛이었다.

"우리 회사에 오라고 하면 당장 올 거 같죠?"
"그냥 신기해서 그런 거겠죠."
"신기하긴 해도 저 정도는 아니에요. 플레이스 애들이 우리 애
들 부러워하잖아요. 나나 유재섭 선배나, 그리고 회사 직원들까
지 포함해서 완벽히 파악하고 있는 사람이 없을걸요? 그런데 애
들이 보기에 태진 씨는 자기들을 완벽하게 파악하고 있는 것처
럼 보이겠죠."

태진은 속으로 웃음을 삼켰다. 채이주의 말처럼 그럴 수도 있
었지만, 태진이 느끼기에는 마치 예전에 막내 태은이 보여 줬던
표정과 비슷했다. 또 다른 흉내를 보고 싶어 하는 그런 느낌이었
다. 아마 두통이 있었을 때 보여 줬다면 어땠을까 하는 생각에
웃음이 나왔다. 그때, 채이주가 입을 열었다.

"왜 입술을 씰룩거리세요? 기분 안 좋으세요?"
"네? 아니에요. 기분 좋은데요."
"그래요? 난 내가 무슨 실수한 줄 알았네. 난 태진 씨가 좀 웃
었으면… 아! 맞다."

채이주는 갑자기 무슨 생각이 났는지 태진 쪽으로 자세까지
돌렸다.

"아까 김정연 작가님이 태진 씨한테 들으라고 하던데!"

"네? 뭐를요?"

"아, 오늘 아침에 마지막 촬영 끝날 때쯤에 촬영장에 누가 왔더라고요."

"혹시 안 주무신 거예요?"

"차에서 잤죠. 다른 말 하지 말고요! 아무튼 그분이 느낌이 이상하더라고요. 멀리서 봤을 때 태진 씨인 줄 알고 손까지 흔들었거든요? 그런데 가까이 보니까 아니더라고요. 그런데 또 느낌이 비슷해요. 키도 비슷하고 뚱한 표정도 비슷하고. 거기다가 내가 인사하니까 엄청 깍듯하게 인사해 주더라고요. 그리고 엄청 반갑게 웃어 주기까지 하더라고요."

태진은 닮은 사람이겠거니 생각하며 채이주의 말에 큰 의미를 두지 않았다. 그저 수다 정도로 생각하며 듣는 중이었다.

"근데 더 신기한 건 태진 씨하고 목소리도 비슷해요! 태진 씨보다 좀 더 시니컬하다고 해야 하나? 태진 씨하고 비슷한 사람이 김정연 작가님하고 무슨 대화를 하고 그러고 있으니까 더 궁금하더라고요. 그래서 내 촬영 다 끝나고 인사할 겸 가서 말을 붙였는데 목소리 듣고 깜짝 놀랐다니까요? 태진 씨랑 말투도 엄청 비슷해요."

"그래요?"

"그래서 대놓고 물어보기 그래서 작가님이세요? 라고 물어봤는데 자기는 아니래요. 그런데 김정연 작가님은 또 작가가 맞대요. 그래서 놀리는 거 같아서 이상한 사람 같다고 생각했는데 작가님이 웃으면서 태진 씨한테 들으라고 하더라고요."

"저한테요?"

태진은 손가락으로 자신의 가슴을 찍어 가며 물었다.

"어? 몰라요? 작가님이 분명히 태진 씨한테 들으랬는데. 태진 씨가 소개해 준 사람이라고."

"제가… 아!"

순간 채이주가 말하는 사람이 누군지 알 것 같았다. 채이주가 말한 사람은 바로 태민일 듯했다. 외모가 닮은 건 잘 모르겠는데 같이 살다 보니 말투도 비슷할 수 있었고, 아버지를 닮아 큰 키도 비슷했다. 다만 어젯밤이나 아침에도 별다른 말을 들은 적이 없었다.

태진은 확인을 하기 위해 대화 중임에도 불구하고 곧바로 휴대폰을 꺼내 전화를 걸었다. 하지만 뭘 하고 있는지 전화를 받지 않았다.

"왜 그러세요? 아는 분이에요?"

"그런 거 같아서요. 잠시만요. 혹시 이 사람이에요?"

태진은 확인을 위해 휴대폰에 저장된 몇 없는 사진을 불러와 채이주에게 보여 주었다. 그러자 채이주가 손뼉까지 치며 말했다.

"맞아요! 이 사람! 어! 혹시 동생이에요?"

"네, 둘째 동생이에요."

"와… 그렇구나! 그래서 나한테 그렇게 아는 사람처럼 반가워 했구나. 난 또 내 팬인가 했는데! 와, 멍충이, 멍충이. 왜 태진 씨 동생이라고 생각을 못 했을까."

"왜 온 건데요? 혹시 아세요?"

"그건 모르겠는데요? 김정연 작가님이 되게 좋아하시던데."

"그랬어요? 뭐라고 하셨는데요."

"그건 저도 몰라요. 그냥 막 웃으시면서 얘기하시고 그러는 거 보면 기분 좋아 보이시더라고요. 와! 태진 씨 이렇게 말 빨리 하는 거 처음 봐요. 역시 가족이 최고구나."

태민이 김정연 작가를 만날 일은 한 가지밖에 없었다. 태민의 소설 때문이 아니라면 두 사람이 만날 일이 없었다. 그렇다 보니 어떤 평가를 받고 태민이 어떤 선택을 했을지가 너무 궁금했다. 아무래도 다시 전화를 걸어 봐야 할 것 같다는 생각에 휴대폰 을 찾았다.

"어? 내 휴대폰."

"여기… 저기… 태진 씨."

"네?"

"제가 보려고 한 건 아닌데… 다른 사진이 궁금해서 넘겨 보 다가……."

빨리 태민에게 확인을 하고 싶은데 갑자기 채이주는 또 왜 이러는지 의아했다.

"어디 아팠었어요? 여기 사진들 전부 휠체어 타고 있어서요…
뒤에 사람들은 바뀌는데 태진씨는 계속 휠체어 타고 있으시길
래. 그것도 앞에 사진은 어렸을 때 같은데……."

사진 대부분이 부모님이나 동생들과 산책 나갔을 때 찍은 것
들이었다. 사진 찍는 걸 별로 좋아하지 않았기에 양이 많지 않아
서인지 그사이에 전부 본 모양이었다.

"아, 교통사고로 조금 오래 아팠어요."
"어머! 진짜요? 지금은 괜찮아요? 교통사고 후유증 오래간다
는데!"
"재활치료 열심히 해서 괜찮아요."
"그런데 얼마나 아팠길래 꼬마 때부터 휠체어를 타고 다녔어
요……?"

오랫 동안 휠체어를 타고 다니던 사람이 걷고 있는 건 이상하
지 않은 모양인지 그에 대해선 별다른 말이 없었다.

"다음에 말씀드릴게요. 휴대폰 좀 주시겠어요?"
"아! 휴대폰!"

채이주는 궁금증이 풀리지 않아서인지 아쉬워하는 표정으로 태진을 봤고, 태진은 애써 채이주를 외면하고는 통화 버튼을 눌렀다. 받지 않는 전화를 몇 번이나 걸 때, 드디어 목소리가 들려왔다.

—어, 형.
"태민아, 너 오늘 김정연 작가님 만나러 촬영장 갔었어?"
—어? 작은형 촬영장 갔어?
"태은이냐?"
—뭐야, 왜 실망하는 목소리야. 기분 나쁘게! 작은형 씻고 있어. 나온다!

전화 너머에서 잠시 자기 전화를 왜 받았냐고 투덕거리는 소리가 들리고 나서야 태민의 목소리가 들려왔다.

—어, 촬영장 간 줄 어떻게 알았어?
"채이주 씨한테 들었어."
—아! 맞다. 오늘 형수 만났어.

태진은 혹시라도 채이주에게 들릴세라 고개를 살짝 돌렸다.

"그런 말 하지 말고. 촬영장은 왜 간 거야?"
—작가님이 시간이 없어서 촬영장으로 오라고 해서 갔지.
"왜 형한테 말도 안 했어."

―그냥 구경하러 오라고 그러는 줄 알았어.

"그래서 뭐라시는데?"

―딱히 별말씀은 안 하시고 그냥 회사랑 계약하자고 하더라. 일단 두 편 계약하재. 강필두하고 차기작만. 참, 나 얼마 안 되는데 계약금도 받았어.

"진짜?"

―원래 나 정도면 계약금 안 주는데 주시더라고.

"아, 잘됐다……."

태진은 MfB에 합격했을 때만큼 기뻤다. 이 기분이 주체가 되지 않아 자신도 모르게 채이주에게 손까지 내밀었고, 채이주는 잠시 당황하더니 태진의 손바닥에 하이 파이브를 해 줬다.

"진짜 축하해."

―그냥 계약한 건데 뭐.

"그게 어디야. 아무나 들어가는 곳 아니잖아."

―형 덕분이지. 형이 작가님 명함을 사진으로 보내 준 날 사실 좀 고민하긴 했는데 좋은 기회 같아서 눈 딱 감고 보냈어.

"잘했어. 그리고 다른 말씀은 없었어?"

―아! 감사하게도 전에 쓴 글도 읽어 보셨더라. 쓰레기라고 하시긴 했는데. 후후… 주제는 어둡게 가려고 방향을 잡았는데 글이 훈훈한 느낌을 풍길 때가 있다고 하시더라고. 지금 보니까 그런 거 같기도 하고. 그래서 망한 케이스라고 나중에 다시 수정해 보라고 하시더라.

"그러셨구나. 그래도 읽어 봐 주시고 감사하네."

―그런 거 같아. 나중에 강필두 잘되면 시나리오 작업해 보라고도 하시더라고. 드라마로 잘 어울릴 거 같다고.

태민의 말에 태진의 입술이 심하게 움직였다. 예전 동생과 했던 약속은 걸게 되었으니 이미 지킨 상태였고, 태민도 그 약속을 지키기 위해 여전히 노력 중이었다. 그런 태민이 잘 풀릴 것 같다는 소식에 너무나 기뻤다. 그래서인지 긴 시간 동안 수발을 들던 태민의 모습이 주마등처럼 스쳐 지나갔다. 기쁘다 못해 벅차오르는 기분에 말을 이을 수가 없었다.

―안 그래도 전화하려고 그랬는데. 형, 고마워. 형 덕분이야.

"뭘 내 덕분이야. 네가 잘해서 그렇지."

―아! 있잖아. 김칫국 원샷 때리는 소리 같긴 할 건데, 나중에 드라마나 영화화하게 되면 형이 캐스팅 좀 해 줘라. 하하.

"알았어. 걱정 마. 어떻게든 형이 책임지고 네가 원하는 배우 섭외할게. 걱정 말고 글이나 잘 써."

―든든하네.

"생각해 놓은 배우라도 있어?"

―여배우는 있어. 누구 고를 거 있어. 당연히 형수지.

"아… 그래. 알았어!"

―아무튼 오늘도 늦게 와? 오면서 엄마한테 얘기했는데 엄마가 축하하자고 하더라.

"최대한 빨리 갈게."

—알았어. 수고해.

전화를 끊은 태진의 입술은 여전히 씰룩거렸다. 캐스팅 에이
전트가 되기로 마음먹은 이유 중에는 잘할 수 있겠다는 생각이
들었던 것도 있었지만, 태민의 작품에 도움을 주고 싶었던 것도
있었다. 아직 언제가 될지 기약이 없음에도 태진은 벌써부터 설
레기까지 했다. 그때, 앞에 채이주가 웃으며 말했다.

"진짜 동생이랑 되게 친하네요."
"아, 고마운 동생들이죠."
"그렇구나. 신기하다. 남자 형제들 얘기 들어 보면 맨날 치고
받고 싸우기만 하던데. 그나저나 오늘 저녁은 패스해야겠네요?
동생한테 빨리 간다고 한 거 보면 좋은 일 있나 본데요?"
"아! 태민이가 김정연 작가님 회사에 들어갔대요."
"와! 진짜요? 축하드려요!"

너무 기쁜 나머지 생판 남인 채이주와도 기쁨을 나누려 했다.
다행히 채이주가 진심으로 축하해 주었고, 그 모습을 보던 태진
은 순간 여러 가지 생각이 들었다.

'이제부터라도 인맥 관리를 잘해야겠네.'

제4장

—

만능맨

라이브 액팅의 PD는 모니터를 보며 어이가 없었다.

"봐요. 내가 확인 좀 하라고 그러니까 그렇게 짜증 내더니."
"바쁘니까 그랬지."
"얘, 미쳤죠? 내가 보다가 진짜 놀라 자빠질 뻔했다니까요."
"이거 장난질한 거 아니래?"
"장난질은 무슨. 진짜 성대모사 한 거래요. 사실 나도 안 믿겨서 플레이스에 간 애들한테 전화해서 확인까지 했어요."
"MfB 한태진이라고?"

PD는 신기한 나머지 계속해서 태진이 흉내 냈던 장면만 돌려보는 중이었다.

"그냥 넣자니 너무 생뚱맞을 거 같아 보여서 보고드린 거예요. 선배가 이거 쓴다고 그러면 작가들 불러다가 자막으로 처리할 수 있을 거 같긴 한데. 막 숨은 능력자 이런 식으로요."

"갑자기 이 사람 나오면 진짜 생뚱맞긴 하겠지……."

"아니면 이 친구 영상을 앞에다가 조금씩 붙여 놓으면 되는데."

"자료는 있어?"

"애들이 이 장면 쓸 거라고 생각했는지 많이 찍어 놨더라고요. 문제는 사람이 뭔 표정도 없이 그냥 뚱해요."

"그건 캐릭 잡기 좋으니까 더 좋네."

PD는 고민이 되었다. 이 장면을 쓰고 싶었지만, 시청자들에게 신기한 걸 보여 주려고 참가자가 아닌 사람을 내보냈다간 자칫 흐름을 깨뜨릴 수도 있었다. 게다가 더 고민되는 이유가 따로 있었다.

"왜 하필이면 MfB야."

"그게 좀 그렇죠?"

"그러니까 하, MfB 진짜 너무 작정을 했어. 이제는 그만 좀 했으면 좋겠다."

"에이, 그래도 MfB가 휘젓고 다녀서 우리 시청률도 올라가잖아요. 이거 끝나면 우리 포상으로 해외여행 갈 거 같은데."

"이제 시작인데 김칫국 좀 마시지 마라. 후, 어렵네. 지금도 채이주 때문에 다른 회사에서 난리도 아닌데."

"계속 연락 와요?"

"당연하지. 자기네들 관심 못 받으면 서운하겠지. 그리고 솔직히 우리도 채이주 코인 타려고 한 건 맞잖아."

"잘 탔잖아요. 하하."

"문제는 여기서 또 MfB 직원까지 내보내면 이번엔 서운한 걸로 끝나지 않을 거 같다는 거야. 지금 이 장면도 2분 정도 되는데 거기다가 중간중간 한태진이 얼굴 나오게 끼워 넣어서 뭐 하는 애인지 궁금하게 만들어야 될 거 아니야. 그럼 잘못하면 참가자들보다 한태진이가 제일 많이 나올 수도 있어."

PD는 몇 번이나 더 그 장면을 돌려 보고는 한숨을 뱉으며 말했다.

"이건 안 되겠다."

"진짜요? 이거 레전드 될 거 같은데 그냥 묻기에는 너무 아까운데요?"

"누가 묻재? 스태프 나오는 장면들 클립으로 만들어서 Y튜브에 올리자. 그럼 다른 회사들도 자기네 직원들 나오니까 별말 없겠지. 당장은 올리지 말고, 이 장면 나오는 회차에 맞게 올려."

"5회에요?"

"그래. 그동안 각 소속사 직원들 인터뷰도 좀 따고 해 두면 되겠네."

"이야, 세상 많이 변했다. 방송에서 못 쓰는 건 Y튜브에 올리면 되니까. 그죠?"

"옛날엔 있지도 않았으면서 있어 본 척은. 아무튼 이거 잘 정리해."

PD는 다시 모니터를 한 번 쳐다보고는 편집실을 나섰다.

*   *   *

며칠 뒤. 스튜디오에서의 촬영이 시작되었다. 태진도 오랜만에 만나는 얼굴들과 인사를 나눴다. 그중 필이 태진을 굉장히 반겨 주었다.

"태진!"
"필 씨!"
"이제야 보네! 역시 능력이 좋으면 피곤해요. 그렇죠? 그래서 잘 나왔어요?"
"다들 열심히 해서 제가 보기에는 괜찮은 거 같아요."
"그럼, 그러니까 그쪽에서 태진을 보내 달라고 그렇게 요청했 겠죠."
"네?"
"몰랐어요? MfB에 온 C AD는 나를 요청했고, 플레이스에서 는 태진을 꼭 보내 달라고 그랬다던데? 그래서 어쩔 수 없이 남 은 건데? 태진도 급하게 갔잖아요."

태진은 헛웃음이 나왔다. 플레이스에 갔을 때 그런 기색은 전 혀 없었다. 이창진과 처음 만날때만 하더라도 자신이 온다는 것

조차 모르고 있었다. 아마도 곽 실장이 필을 남게 하기 위해 거짓말을 한 듯 보였다. 그렇지 않으면 전에도 그랬던 것처럼 아무것도 안 하려고 할 것이라 생각한 모양이었다.

'똑똑한 사람 같은데 머리를 참 이상하게 쓰네.'

필에게 제대로 알려 줄까 했지만, 필이 이 일로 화가 나 그만하겠다고 한다면 피해는 참가자들이 볼 것이었다. 그리고 이미 벌어진 일인 데다가 결과물도 만족스러웠기에 태진은 입을 다물기로 했다.

"MfB는 잘 나왔어요?"
"잘 나왔죠. 보면 놀랄 텐데."
"그 정도예요?"
"괜히 세계적으로 유명한 CF 감독이 아니더라고요. 그 쓰레기 같은 스토리로 영상을 아주 기가 막히게 만들었죠. 덕분에 배우들 연기도 눈에 띄고."
"와, 궁금하네요."
"이제 볼 텐데요."
"인사라도 드려야 될 거 같은데. 감독님은 어디 계세요?"
"누구요? CF 감독이요? 그 사람 안 왔어요. 바빠서 촬영에 못 온다고 하더라고요."
"아……."

태진은 약간 아쉬웠다. 실력이 굉장한 사람이다 보니 얼굴이라도 알아 두면 나중에 조금이라도 도움이 될 듯싶었기에 인사라도 하고 싶었다. 아쉽지만 못 온다는데 인사하겠다고 오라고 할 수도 없는 노릇이었다. 그때, 대기실 문이 열리면서 곽이정이 한 사람을 데리고 들어왔다. 태진이 와 있는 것을 알고 있었는지 가볍게 눈인사를 했고, 태진이 혹시 저 사람이 CF 감독인가 싶어 유심히 쳐다볼 때, 곽이정이 필에게 말했다.

"오늘 통역은 이분이 맡아 주실 겁니다."
"태진 있는데?"
"한태진 씨는 플레이스 쪽도 같이 봐야 해서 정신이 없을 겁니다."
"음, 그렇겠네."

태진은 곽이정을 물끄러미 쳐다봤다. 통역이야 해도 그만 안 해도 그만이지만, 배제된 과정이 마음에 걸렸다. 곽이정이 자신을 배려하는 것처럼 말했지만, 그대로 받아들이기는 힘들었다. 플레이스에 있을 때 MfB에 대해 아무런 정보도 주지 않은 것은 그럴 수 있다 해도 지금은 영 수상쩍었다.

잠시 뒤, 채이주가 조금 늦게 도착했고, 간단한 리허설을 마친 뒤 곧바로 촬영이 시작되었다. 태진은 MfB 캐스팅 에이전트 1팀이 위치한 대기실로 자리를 옮겨 모니터하는 중이었다. 그때, 1팀에서 유일하게 자신에게 도움을 주던 김국현이 태진의 팔을 툭 건드렸다. 그에 김국현을 보자 그가 눈을 밑으로 깔아

종이를 보라는 시늉을 했다

―크크, 팀장한테 한 방 먹인 소감이 어때요?

갑자기 저게 무슨 말인지 모르는 태진은 하마터면 소리 내서
말을 뱉을 뻔했다. 다행히 입을 열지 않은 태진은 급하게 펜을
들었다.

―제가요?
―왜 이래요. ㅋㅋㅋ

김국현은 실실 웃으며 태진을 쳐다보며 이내 놀랐다.

―진짜 몰라요?
―네.
―몰랐구나. 그럼 팀장이 왜 태진 씨보고 똥한지도 몰랐겠네요?
―좀 이상하긴 한데 왜 그러시는데요?

김국현은 곽이정을 힐끔 쳐다본 뒤 다시 글을 적었다.

―우리 쪽에 C AD 김 프로 있었던 거 알죠?
―네.
―그 사람한테 엄청 부탁해서 시나리오 받았거든요?
―어? 참가자들 시나리오로 해야 되는데 그러면 반칙이잖아요.

―아니, 전부 다 말고, 수정만요. 그리고 우리 거 말고 플레이스 거.

―플레이스 시나리오도 알고 계셨어요?

―그럼요. 다 보고받죠. 아무래도 김정연 작가한테 잘 보이려고 그런 거 같은데 태진 씨 때문에 물 먹었잖아요.

태진은 아무리 생각해도 곽이정에게 물 먹인 기억이 없었다.

―김 프로한테 용기 주제로 수정본을 받았는데 정국 씨한테 연락이 오더라고요. 정국 씨 태진 씨하고 같이 플레이스에 있잖아요.

―네. 맞아요.

―태진 씨가 짠 대본이라면서요.

―아, 제가 짠 게 아니라 조금 수정한 거예요. 그냥 응원을 하는 계기를 주려고요.

―그러니까요 ㅋㅋㅋ. 팀장이 그거 보고 어떻게든 까 보겠다고 김 프로한테 보여 줬는데 김 프로가 막 박수까지 치면서 칭찬했다니까요. 아마 스토리상으로는 그게 일등일 거라면서 엄청 칭찬했어요. 그러니까 팀장이 빡칠 수밖에!

여전히 왜 화가 났다는 건지 잘 이해가 되지 않았다.

―모르겠어요? 팀장 성격을? 시나리오 고쳐서 김정연 작가 앞에서 잘난 척해야 되는데 그거 못 하게 됐잖아요. 만약에 자기가 비집고 들어갈 틈이 있으면 끼어들 텐데 그런 틈이 보이지 않은 모양이죠.

―아.

―알죠? 팀장, 남이 의견 내면 이렇게 하는 게 더 좋지 않을까, 저렇게 하면 어떨까 그러면서 아이디어 다 지 공으로 돌리는 거. 그거 못 하게 되면 꼭 저 지랄해요. 막 견제하는 거처럼.

　태진은 곽이정을 가만히 쳐다봤다. 자신만 그렇게 느낀 것이 아니었다.

　―그리고 아주 다른 팀 압살하려고 C AD 데리고 왔는데 태진 씨 때문에 그렇게 못 하게 돼서 더 저기압이에요.
　―아.

　곽이정에게 몇 번 당한 이후로 뭘 생각하든 곽이정이 끼어들 틈이 없도록 생각하는 게 버릇이 되어 버렸다. 그리고 그게 실제로 효과가 있자 왜인지 통쾌한 기분이 들어 웃음이 나왔다. 그리고 마침 이번 미션의 공개 순서가 오른쪽부터 시작한다는 말과 함께 유재섭의 얼굴이 나오고 있었다.

*　　　　*　　　　*

　참가자들의 캠페인 영상이 모두 공개되었다. 딱히 순위를 매기는 것은 아니었지만, 만약 1위를 뽑는다면 다들 플레이스의 캠페인을 선택할 것이었다. 플레이스와 MfB에서는 심사를 하지 않았음에도 다른 심사 위원들이 플레이스의 캠페인만큼은 하나같이 칭찬을 했다.

다른 팀들은 대부분 각 소속끼리의 대결 같은 느낌이 든 반면 플레이스의 캠페인을 볼 때는 그런 생각이 들지 않는다고 했다. 섬세한 시나리오로 등장인물의 계속된 연결을 보여 주어 마치 원래부터 같은 팀이었다는 느낌이 든다는 평들이었다. 아마도 참가자들이 연습하는 장면에서 다들 친하게 지내는 모습이 그런 평을 받게 만든 것 같았다.

게다가 중간 장면에 나온 세원과 정만은 연기로도 훌륭하다는 평가를 받았다. 세원의 경우 특색이 있었기에 눈에 띄는 역할이었지만, 정만의 경우는 주변에서도 흔히 볼 수 있는 캐릭터였다. 그런 캐릭터임에도 거부감 없이 알고 있는 사람 같다는 생각이 들 정도로 연기를 했다는 칭찬을 받았다.

반면 MfB 1팀이 있는 대기실은 초상집 분위기였다. C AD의 AE까지 데려왔는데 오히려 그것이 독이 되었다. 좀 부족한 시나리오임에도 완벽한 영상 구도, 섬세한 소품 설정 등이었지만 참가자들의 연기가 이를 따라가지 못한다는 평이었다.

물론 아직 연기가 완성되지 않은 참가자들이니 그럴 수 있었다. 하지만 보는 내내 다른 사람이 했으면 더 좋았을 것 같다는 생각이 들게 만드는 건 문제가 있었다. 심지어 그 대상은 MfB 소속의 동건과 선영이었고, 결국 두 사람이 탈락하게 되어 버렸다.

거기다가 플레이스에서도 탈락자가 나왔다. 엄마 역을 맡았던 플레이스의 미주와 남편 역을 맡았던 MfB의 윤중이 탈락자였다. 탈락자가 나올 건 예상했지만, 그 수가 예상을 넘다 보니 팀원 모두가 아무런 말을 뱉지 않는 중이었다.

그렇게 한참이나 침묵만 흐르던 중 곽이정이 입을 열었다.

"어떻게 홈에서 탈락자가 두 명이나 나오죠? 이게 도대체 뭡니까. 이제 쪽수로 밀리면 다음 미션 할 때 분명히 문제 생긴다고 관리 잘하라고 했잖습니까. 이게 뭡니까!"

"숲에서… 예상보다 탈락자가 안 나와서……."

"그걸 말이라고……. 그럼 다음 팀 미션에서 최정만 씨가 주연 못 하게 되면 어쩔 겁니까? 채이주 씨로 탄력받으니까 안심한 겁니까? 이러다가 우리 용두사미라는 말 듣게 됩니다."

자기가 팀의 수장이면서 원인을 팀원들에게 돌리는 모습이 그다지 좋아 보이진 않았다. 하지만 다음 미션을 생각하면 곽이정의 말도 이해가 되었다. 탈락자가 가장 적은 팀은 단독으로 미션을 진행하고, 2위부터 5위까지는 탈락자가 적은 팀과 많은 팀이 함께하게 되기 때문이다.

물론 한 팀으로 진행하는 것이 가장 좋았지만, 그것이 아니더라도 2위는 했어야 했는데 너무 많은 탈락자가 나와 4위를 해 버렸다. 그러다 보니 이어질 미션에서는 쪽수가 밀려 입지가 줄어들 수밖에 없었다. 아마 자신의 주도하에 진행을 하고 싶은데 그럴 수가 없게 된 것이 못마땅한 듯싶었다.

그나마 다행이라는 점은 이번에도 플레이스와 함께한다는 것이었다. 그때 문득 드는 생각이 있었다.

'아! 이창진 실장하고 사이 안 좋은 거 같던데.'

　며칠 뒤, 플레이스와 MfB의 남은 참가자들이 MfB의 연습실에 모였다. 태진이 예상했던 대로 연습하는 장소를 정하는 데도 각 소속사의 직원들 간 기 싸움이 장난이 아니었다. 돌아가며 하자는 의견이 나오기도 했지만, 그렇게 되면 참가자들이 잦은 이동을 해야 했기에 한 곳을 정하는 게 나았다.

　플레이스의 경우 이번 라이브 액팅을 위해 연습실을 급조해서 만든 곳이다 보니 MfB에 비해 시설이 부족할 수밖에 없었기에 결국 연습은 MfB에서 하기로 결정되었다. 당연히 곽이정을 비롯해 MfB 직원들은 자신들의 일터이다 보니 환영하는 분위기였다.

　'후…….'

　하지만 태진은 조금 달랐다. 물론 MfB의 연습실에서 오래 있었기에 익숙하기는 했다. 하지만 사람들이 너무 많아진 탓에 플레이스에 있을 때만큼 자유롭게 의견을 내놓을 수가 없었다. 때문에 이럴 거면 다른 팀의 일을 맡는 게 나을 거란 생각이 들 정도로 한가했다.

　하지만 태진과 달리 다른 사람들은 자신의 의견들을 주장하느라 바빴다. 지금도 참가자들을 포함해 각 소속사로 나뉘어 대립 중이었다. 얼마 전까지만 하더라도 같은 팀으로 친하게 지내던 참가자들을 억지로 갈라 놓은 것처럼 보였다. 지금도 MfB까지 온 이창진이 자신의 의견을 내세우는 중이었다.

"후, 객관적으로 보면 오페라의 유령이 훨씬 낫지 않습니까?"

"오페라의 유령도 좋죠. 하지만 지금 모인 참가자들을 보면 대부분 가벼운 연기보다 진중하고 무게 있는 연기를 할 때 호평을 받았죠. 그리고 저마다 스토리가 있는 등장인물이 많은 레미제라블이 더 좋아 보이는데요. 인정하시죠?"

"그럼 오페라의 유령은 뭐 깃털입니까? 오페라의 유령도 분위기 무겁죠!"

상대방을 칭찬하지만 결국은 자신이 더 낫다는 곽이정의 특유의 말투가 나왔다. MfB 직원들이라면 거기서 입을 다물고 있을 테지만, 이창진은 물러서지 않았다.

이번 미션은 뮤지컬로 유명한 작품들을 재해석해서 드라마의 한 장면으로 만드는 미션이었다. MfB에서는 레미제라블을 들고 왔는데, 왜 레미제라블을 선택했는지 안 봐도 알 것 같았다. 아마 레미제라블의 이야기를 이끄는 주인공이 장발장이다 보니 최정만을 염두에 두고 추천한 듯 보였다. 그렇다고 다른 등장인물들이 매력이 없는 건 아니었지만, 아무래도 장발장에 좀 더 힘이 실리는 건 사실이었다.

"그래도 오페라의 유령은 아니지 않습니까?"

"왜죠? 등장인물 전부 매력 있고, 보는 시각에 따라서 전부 다 주연이 될 수도 있는데. 저 친구들을 생각하면 당연히 오페라의 유령이죠."

"그건 그렇지만 제목부터 오페라 극단 얘기라는 게 나오잖습니까. 오페라의 유령의 매력이 듀엣으로 더 팬텀 오브 더 오페라 부를 때 살아나는데 그럼 당연히 성악이 나와야죠. 그 노래가 안 나오면 오페라의 유령을 하는 이유가 없어진다고 봅니다. 그런데 만약에 하게 되면 여기서 그걸 소화할 사람이 플레이스의 저 두 분 말고 누가 있습니까. 오페라의 유령을 하겠다는 건 우리가 끌고 나갈 테니까 너흰 그냥 따라와라라는 말밖에 더 됩니까?"

플레이스에서 들고 온 건 오페라의 유령이었다. 플레이스도 MfB와 다를 건 없어 보였다. 다른 팀에 가 있었는지 태진이 보지 못했던 참가자들 중 두 사람이 뮤지컬배우 출신으로 노래를 잘한다는 것만 들었다. 플레이스에서도 저 두 사람을 주연으로 진행하고 싶은 모양이었다.

벌써 하루를 주제 정하는 데에 날려 먹은 걸로도 부족해 아직까지도 작품 선정을 못 하는 중이었다. 참가자들의 의견도 물었지만, 소속사에서 어떻게 말을 했는지 다들 자신들이 속한 소속사의 작품에 손을 들어 주었다. 그러다 보니 완전히 반으로 나뉘어져 버린 상태였다.

하지만 태진은 조금 생각이 달랐다. 태진이 봤던 레미제라블의 경우 각 캐릭터가 관심을 받으려면 많은 장면이 필요해 보였다. 장발장이 커 온 배경이나 자베르가 교도관에서 경찰이 되는 과정 같은 것들을 전부 보여 주어야 이야기가 진행될 것 같았다. 줄거리를 압축할 수는 있지만, 그러면 그만큼 캐릭터들의 매력이 사라져 버릴 것이었다.

그에 비해 오페라의 유령은 각 캐릭터 간 연결도 이해하기 쉬웠고, 각 캐릭터 사이의 대립 구도가 형성되기에 시청자로 하여금 쉽게 이해할 수 있는 이야기였다. 물론 아까 곽이정이 말한 것처럼 노래가 나오지 않는다면 매력이 떨어진다는 단점은 있었다. 그래도 태진은 오페라의 유령이 좀 더 나은 듯 보였다. 다만 팀을 배신하는 것 같은 기분에 아예 입을 다물고 있는 중이었다.

곽이정은 태진이 어떤 말을 할지 예상이 되지 않는지 딱히 물어보지 않았고, 이창진 역시 태진이 MfB 소속이다 보니 한통속이라고 생각해서인지 물어보지 않았기에 얘기할 기회도 없었다.

그때, 플레이스의 유재섭이 매니저와 함께 연습실에 들어왔다.

"아직도 이러고 있어요? 이 실장이나 곽 팀장님이나 서로 양보 좀 하죠. 빨리 정하고 연습을 해야 되는데 이러면 애들한테도 지장 가요."

유재섭의 등장에 이창진은 의기양양한 표정으로 어깨를 으쓱거렸고, 채이주가 촬영장에 가 있기에 마스터가 없던 곽이정은 괜히 필을 쳐다봤다. 하지만 필은 작품 선정에는 일절 관여하지 않겠다고 못을 박아 둔 상태였다. 그때, 유재섭이 혀를 차더니 입을 열었다.

"아무튼 빨리 의견 좀 조율합시다. 그리고 지금 아무것도 안 하고 있으니까 TV나 좀 보죠. 지금 라액 할 시간인데. 애들도 지금 시계 보는 거 보면 보고 싶어 하는 거 같은데."

시간을 보니 라이브 액팅의 3회가 나올 차례였다. 참가자들
이 각 소속사에 들어가 팀을 이루고, 첫 미션인 뮤직비디오를
준비하는 게 나올 것이었다. 1차의 짧은 영상만으로도 많은 관
심을 받았다 보니 이번에 나올 자신들의 모습 역시 궁금한 모
양인지 다들 말은 못 하고 휴대폰으로 시간만 확인하고 있었다.
다행히 유재섭이 등장해 말을 꺼낸 덕분에 참가자들은 기대하
는 표정으로 곽이정과 이창진을 봤다. 그러자 이창진이 먼저 입
을 열었다.

"일단 보고 나서 마저 정하죠."

이창진은 짧은 말 한마디를 하면서조차 불쾌하다는 표정을
숨기지 않고 드러냈다. 마치 상종하고 싶지 않다는 표정이다 보
니 플레이스 참가자들도 시선이 이창진 쪽으로 향했다. 하지만
곽이정은 달랐다. 시종일관 가면을 쓴 것처럼 여유 있는 모습을
보였고, 그 표정으로 입을 열었다.

"조그만 휴대폰으로 보지 마시고, TV로 보시죠. 저희 연습실
에는 TV도 구비되어 있습니다."

마치 애들처럼 우리 집에 이런 거 있다고 자랑하는 것처럼 보
였고, 이창진은 그걸 또 분해하고 있었다. 그래도 참가자들을 위

해서인지 고개를 끄덕이는 걸로 허락의 말을 대신했다.

그렇게 갈라져 있던 참가자들이 함께 모여 라이브 액팅을 시청하기 시작했다. 먼저 나오기 시작한 건 신인과 경력 팀 모두 혹평을 받았던 바나나 엔터였다. 그리고 그건 방송에서도 그대로 나오고 있었다. 오히려 스튜디오에서 보지 못했던 것들까지 나오는 중이었다.

뒤쪽에 있던 태진도 집중해서 보는 중이었다. 뮤직비디오 촬영 과정부터 멘토들이 어떻게 가르치는지, 그리고 참가자들의 변화 같은 것들도 나왔고, 뮤직비디오가 공개된 뒤에는 들떠 있던 참가자들이 평가를 듣고 당황하는 것들이나 서로를 위로하는 모습 등 볼 수 없었던 장면들이 이어서 나왔다.

'우리는 잘 나오겠지.'

얼마 전 라온의 이종락에게 오늘 Solo 음원이 공개된다고 들었다. 아직 나오진 않았지만, 나오는 것 자체는 분명했다. 게다가 이번 미션으로 인해 채이주가 엄청난 관심을 받았고, 더불어 라이브 액팅까지 그 덕을 본 상태였다. 아마 가장 높은 시청률이 나올 회차가 될 것 같았기에 기대가 될 수밖에 없었다. 그때, 태진의 옆으로 필이 다가왔다.

"여기가 S석이네."
"오셨어요?"
"네, 후, 한 것도 없는데 엄청 피곤하네. 저 두 사람, 앙숙이에요?"

"아! 저도 잘 모르겠는데 사이는 안 좋은 거 같아요."

"아주 대놓고 싫어하던데. 곽 팀장은 깐족거리는 표정이고."

대놓고 말하는 필의 말에 태진은 가볍게 웃었다. 당하는 입장에서 보면 정말 깐족거리는 것처럼 보였다.

"필 씨가 정해 주시지 그러셨어요. 이창진 실장님도 필 씨 말은 귀 기울이시던데요."

"내가 전에 말했죠. 난 연기만 가르치지 작품에는 일절 관여하지 않아요. 정해진 작품 내에서 어떤 연기를 해야 할지 방향만 잡아 주는 거지 작품까지 정해 주면 제작자가 되어 버리거든요."

"아."

전에도 비슷한 말을 했던 기억이 났다. 자신이 정한 선이 있었기에 다른 사람들도 더 이상 묻지 않은 것 같았다. 그때, 필이 피식 웃으며 태진에게 조용히 속삭였다.

"그래도 나라면 오페라의 유령이지. 태진은?"

"어? 저도요."

"그렇죠? 둘 다 좋긴 한데 당장 보여 줄 건 오페라의 유령이지. 현대로 재해석하면 다른 느낌이기는 해도 강렬할 거고. 그렇죠?"

"그런데 노래가 문제잖아요."

"그건 뮤지컬일 때 문제고. 지금 미션은 각색해서 드라마화하는 건데 그럼 내용을 조금 바꿔도 될 거 같은데요? 노래 대신 연기의 대가가 숨어 있는 거죠."

"아, 그것도 괜찮은 거 같긴 한데… 그래도 노래 임팩트가 워낙 커서 그게 될까요?"

"될 수도 있죠. 그리고 내가 보기에는 여기에도 팬텀하고 비슷한 사람이 있는 거 같은데. 팬텀 알죠? 극장 지하에 사는 주인공."

"여기에요?"

태진은 두리번거리며 참가자들을 쳐다봤다. 정만 말고는 딱히 눈에 들어오는 사람이 없었다.

"정만 씨요?"

"후후후후."

필은 대답도 하지 않고 재밌다는 듯 웃기만 했고, 태진은 의아한 표정으로 고개를 갸웃거렸다. 그러는 사이 다음 팀을 소개하는 동시에 TV 화면에 필의 얼굴이 나왔다. 그러자 연습실에 있던 사람들 모두가 필을 쳐다봤다. 마치 알고 있는 사람이 TV에 나온 게 신기하다는 듯한 표정들이었다.

필은 어깨를 슬쩍 올리는 행동을 취하며 웃었고, 갑자기 엄지손가락으로 태진을 가리켰다. 그와 동시에 TV에 태진의 얼굴이 나왔다. 다만 필과 다르게 모양새가 조금 우스웠다. 필의 요청으로 통역사 역할로 자리했기에 소개가 없는 건 당연했다. 그러다 보니 채이주와 필의 모습이 잡힐 때 뒤에서 얼굴만 살짝 내미는 모습이었다. 그 모습에 태진과 미션을 같이했던 참가자들은 재밌다는 듯 웃었다. 하지만 태진은 웃기다는 느낌은커녕 신기하기만 했다.

'TV에 나왔다……'

사고 전 어렸을 때, TV에 나오는 게 소원이었는데 그 소원이 이루어졌다. 비록 짧게 지나쳐 간 것이기는 해도 매일 보는 TV에 자신이 나온 것이 너무나 신기했다.

"좋아요?"
"네?"
"손을 어떻게 할 줄 모를 정도로 좋냐고요. 입술 엄청 떨고 있고."
"아! 하하."
"소리 내서 웃기까지 하네. 제대로 나왔으면 난리 났겠네."

태진은 연신 입술을 씰룩이며 화면을 봤다. 그 뒤로도 태진의 얼굴이 스쳐 지나가듯 나왔고, 그때마다 태진은 입술을 씰룩거렸다.
그리고 드디어 화면에는 연습하는 장면이 나오기 시작했고, 선공개되었던 채이주가 연기하는 장면이 잡혔다. 그러자 이미 봤던 참가자들이나 플레이스의 참가자들 모두가 감탄사를 뱉었다.

'채이주 씨도 잘 나왔고.'

이번 화 역시 채이주 코인을 제대로 타려는 모양인지 자막으로도 온갖 미사여구를 다 붙여 놨다. 여신 강림부터 해서 미모에 연기가 더해져 숨 쉬는 걸 잊게 만든다는 둥, 좋은 말만 이어지고 있었다. 아마 이번 주 역시 채이주가 가장 큰 이슈가 될 듯 보였다. 그러던 중 플레이스의 직원 한 명이 갑자기 태진을 쳐다봤다. 그러고는 갑자기 플레이스 직원들끼리 모여서 속닥거리기 시작했고 이창진이 갑자기 고개를 휙 돌려 태진을 쳐다봤다.

"어……?"

*   *   *

플레이스의 이창진 실장은 MfB에 와 있는 상황이 굉장히 못마땅했다. 시설만 아니면 이곳에 오지 않았을 텐데 시설의 차이가 꽤 컸다. 연습실에 저런 TV가 있다는 건 생각도 못 해 봤다. 플레이스가 가난한 기획사가 아님에도 급하게 준비한 것과 원래있는 것에는 차이가 났다.

"우리도 스크린 같은 거 하나 준비해요."
"저런 TV요?"

"나중에 우리 연습실에서 할 때 사용하게요."

"꼭 그럴 필요 있을까요? 그런 말 있잖아요. 실력 없는 놈이 장비 탓 한다고. 우리가 그럴 필요 있을까요?"

"실력도 있고 장비도 좋으면 더 좋죠."

꼭 따라 하는 거 같아 기분이 별로였지만, 그래도 참가자들이 함께 보는 모습을 보니 큰 스크린은 있는 게 맞는 것 같았다. 다만 이쪽을 보며 실실 웃고 있는 곽이정이 거슬렸다. 이 실장은 곽이정의 시선을 피하지 않고 쳐다본 뒤 얼굴을 한 번 찡그리고 나서야 다시 TV를 봤다.

TV에는 MfB의 뮤직비디오가 공개되고 있었다. 확실히 뮤직비디오만큼은 인정할 수밖에 없었다.

"그런데 우리도 이번 주에 나왔어야 했는데 그렇죠?"

"아, 이럴 줄 알았으면 무조건 이번 주에 내보내 달라고 했어야 했는데."

"제 말이요. 저기 곽 팀장이 저걸로 어깨에 힘 들어가서 레미제라블 하자고 할 거 같은데."

"아, 저 새끼는 왜 말도 안 되는 걸 하려고 그러지."

"진짜 MfB 애들 인기 끌기 시작하면 우리 애들도 좀 위축될 거 같고 그런데. 타이밍 좀 그렇네요."

어느덧 MfB의 뮤직비디오가 끝났고, 심사 위원들의 심사 평이 시작되었다. 당연히 칭찬들만 있었기에 지금 연습실에 있는

MfB 참가자들의 표정이 굉장히 밝아졌다.

여기서 시청자들에게 관심까지 받는다면 플레이스 참가자들이 위축될 수도 있다는 생각에 이창진은 시청자들의 반응을 살펴보기 위해 휴대폰을 꺼내려 했다. 그때, 곽이정과 눈이 마주쳤고, 왠지 여기서 휴대폰으로 뭔가를 검색하는 모습을 보이면 지는 것 같은 기분에 다시 주머니에서 손을 뺐다. 그러고는 옆에 있던 직원에게 조용히 말했다.

"반응 좀 봐 봐요."

직원은 곧바로 휴대폰을 꺼내고는 포털사이트에 접속했다. 그러고는 지금 사람들이 관심을 가지는 것을 가장 빨리 알아볼 수 있는 실시간검색을 찾았다.

1. 채이주
2. 채이주 드라마
3. 채이주 노래.
4. 은수 Solo.

실시간검색어가 대부분 라이브 액팅에 관련된 것들이었다. 그만큼 많은 사람들이 방송을 보고 많은 관심을 보내는 중이었다. 그리고 그 관심은 전부 다 채이주에 쏠려 있었다. 선공개했던 영상도 엄청난 이슈를 몰고 왔는데 지금 방송으로 더 많은 관심을 받고 있었다. 게다가 3, 4위에 채이주 노래라는 검색어가 뜬 걸 보면 MfB에서 사용한 Solo에까지 관심을 보이는 것이 분명했다. 얼마나 될지 기간을 예상할 순 없지만 음원사이트에서 당분간 Solo가 상위권에 보일 것이었다.

참가자들이 주인이어야 하는 오디션임에도 심사 위원으로 참여한 배우가 더 많은 관심을 받는 중이었다. 그리고 그게 심사 위원의 팀에까지 긍정적인 영향을 끼치고 있었다. 이 정도면 곽이정이 어깨에 힘을 줄 만했다. 그때, 밑에 이상한 검색어가 눈에 들어왔다.

—다즐링 MfB 형.

'이게 뭐지? MfB 형이 뭐야.'

직원도 다즐링은 잘 알고 있었다. 사실 예전에는 그다지 큰 관심이 없었는데 빌 러셀의 근황을 알아보던 중 한 영상을 보게 됐고, 그 커버곡이 마음에 들어 요즘 자주 듣는 중이었다. 그런데 다즐링의 MfB 형이라는 건 무슨 뜻인지 이해할 수가 없었다. 궁금한 나머지 빠르게 검색어를 누르자 아직 그에 대한 기사가 없는지 SNS가 가장 먼저 검색되었다. 바로 다즐링의 공식 SNS 계정이었다.

그리고 해당 페이지에 들어가자 가장 최근에 남긴 사진과 글이 보였다. 다즐링의 멤버 모두가 TV를 배경으로 사진을 남겼고, 보고 있던 프로그램은 다름 아닌 라이브 액팅이었다.

'아! 은수가 부른 Solo 때문에 홍보하는구나.'

　직원은 밑에 있는 글을 서둘러 읽었다. 예상대로 Solo에 관한 글이 먼저 보였다. 아마 사진만 찍어서 회사에 주고 글은 회사 직원이 적은 듯 보였다.

　—은수와 한겨울 님이 부른 Solo가 6시에 공개됩니다! 많은 관심과 사랑 부탁드립니다. 더불어 다음 주에는 다즐링의 신곡, '왜'도 공개 되니 많은 기대 부탁드리겠습니다.
　#Solo#다즐링#은수#한겨울#신곡#왜

'도대체 MfB 형은 어디서 나온 거야.'

　그때, 댓글창에 대댓글이 엄청나게 많이 달려 있는 댓글이 보였다. 아마 멤버들이 개인 계정으로 글을 남긴 모양이었다.

　—태진이 형, 꼭 우리 멤버인 줄! 제대로 찍었다ㅋㅋㅋ

'태진이 형? 한 팀장 말하는 건가……?'

　다즐링 멤버들이 저마다 한마디씩 한 게 보였고, 대부분이 태진의 이름을 언급했다. 그러다 보니 사람들이 자연스럽게 태진이 누군지 물었고, 멤버들이 그에 대해서 설명했다.

―저희 앨범 도와준 실력이 엄청난 형이에요.

―못하는 게 없는 형ㅋㅋ

―후 형 빼고 우리를 가장 잘 알고 있는 형!

각자 멤버들이 남긴 태진에 대한 설명이었다. 그때, 얼마 전 있었던 일이 생각났다.

'아! 커피 차!'

그때는 그저 신기하게만 여겼는데 지금 생각해 보면 말도 안되는 일이었다. 도대체 뭘 어떻게 해야 연예인이 아닌 다른 회사 직원에게 커피 차를 보내는지 이해가 되지 않았다. 하지만 지금 다즐링 멤버들의 반응을 보면 뭔가 엄청난 일을 하긴 한 것 같았다.

직원은 다시 사진을 확인하기 위해 스크롤을 위로 올렸다. 그러자 아까는 보지 못했던 것들이 보였다. 다즐링의 멤버들의 얼굴 사이에 TV에 나온 태진의 얼굴이 있었다.

'허……'

직원은 어이없다는 표정이 될 수밖에 없었다. 그리고 그 표정 그대로 태진을 봤다. 그런데 그 동안은 누가 뭘 해도 항상 같은 표정이었는데 지금은 뭐가 좋은지 어깨까지 들썩이며 웃고 있었다. 그러다 보니 이미 알고 있었던 것은 아닐까 하는 생각에서

시작해 처음부터 이럴 목적으로 이런 일을 꾸민 게 아닐까 하는
생각까지 들었다. 직원은 혼자 판단할 일이 아니라는 생각에 서
둘러 이창진에게 보여 주었다.

"허, 기가 막히네."

"실장님이 그러셨잖아요. 저 곽 팀장이 별짓 다 한다고. 이번
것도 곽 팀장이 미리 꾸민 거 아닐까요?"

"이거 해서 뭐 하려고."

"사람들 관심이 전부 MfB로 가니까요. 막 그런 거 있잖아요,
MfB에 필 씨도 있고 엄청 유능한 에이전트도 있다 그런 거. 그
럼 당연히 사람들이 좋게 볼 거 같은데요."

"그럴 수도 있겠네. 그런데 그건 아닐 거야."

"왜요?"

"내가 라온 박 부장하고 좀 아는데, 곽이정이 저런 부탁을 하
더라도 안 들어줄 사람이야."

"그럼 이건 뭐예요?"

"진짜 고마워서 올린 거겠지. 진짜 난놈이네… 커피 차에 이
어서 자기들 SNS에까지 올린다고? 그런데 얘네들 인기 많아? 뭐
이런 것까지 검색어에 올라."

"인기 많아요. 요즘 Y튜브에서 얘네 영상 안 본 사람 없을 거
예요. 실장님도 보셨잖아요. 빌 러셀 나왔을 때."

"아, 얘네가 걔네구나."

이창진은 태진이 무슨 일을 어떻게 했길래 다들 이런 반응을

보이는지 너무나 궁금했다. 그때, 옆에서 휴대폰을 계속 만지던 직원이 입을 열었다.

"MfB 형 8위까지 올라갔어요. 어? 이것도 한태진 말하는 거 같은데요?"

"어?"

"채이주, 한 팀장. 이렇게 검색어 올라와 있는데요?"

"뭐야, 열애설?"

"모르겠는데요. 잠시만요."

이번에는 채이주가 SNS에 남긴 글 때문에 저런 검색어가 생긴 것이었다. 촬영장에 있는 채이주가 촬영 중간 쉬는 시간이었는 지 라이브 액팅을 보는 사진을 올렸다. 그 사진을 같이 보던 이 창진이 뭔가를 발견했는지 입을 열었다.

"어? 여기 옆에 정훈이 형이랑 김정연 작가님 아니야?"

"어? 그러네요."

"참, 여유롭고만. 그런데 한 팀장 얘기는 왜 나온 거야."

사진과 함께 꽤 긴 글이 적혀 있었다. 이창진은 천천히 채이주 가 남긴 글을 읽었다.

"얘는 팀원들한테 편지를 써 났네."

—우리 팀원들, 함께하지 못해서 정말 미안해요. 다들 걱정 많이 했죠? 나도 결과를 알고 보는데도 엄청 긴장되더라고요. 그래도 다들 화면에 잘 나와서 너무나 안심. 잠깐 쉬는 시간에 같이 봐 주신 김정연 작가님, 이정훈 선배님도 잘했다고 해 주셨으니까 오늘은 마음껏 행복을 누려요! 그리고 신경 써 주셨던 필 선생님하고 한 팀장님한테는 꼭 감사 인사 하기! 아, 그리고 이거 시나리오 한 팀장님 아이디어라고 하니까 작가님이 한 팀장님 못하는 게 뭐냐고 물어보시더라고요. 거기다 통역도 해 줬다고 하니까 진짜 놀라셨어요! 아무튼 내일 봐요!

"어……?"

어이가 없었다. 아직 방송에 나오진 않았지만 다음 미션에 플레이스의 카드로 김정연 작가가 등장할 예정이었다. 그런데 이렇게 먼저 MfB에서 공개가 될 줄은 몰랐다. 물론 잠깐 언급된 것이기는 하지만, 누가 보더라도 채이주와 친하게 보이는 글이었다. 그러다 보니 플레이스니까 김정연을 섭외했다는 느낌을 주려고 했는데 그 의미가 반감될 것 같았다. 아무래도 채이주와 사진도 찍고 같이 라이브 액팅을 봤다는 글을 보면 채이주와도 친하다는 느낌을 받게 될 것이었다. 이창진은 당황스러움에 자신도 모르게 그 원인인 태진을 멍하니 쳐다봤다.

하지만 이유를 모르는 태진은 이창진이 왜 저런 표정으로 자신을 쳐다보는지 알 수가 없었다. 이창진뿐만이 아니라 플레이스의 모든 직원들이 전부 자신을 보고 있었다. 어떤 사람은 신기해하는 표정이었고, 어떤 사람은 열심히 위아래로 훑어봤고, 또 어떤 사람은 의심이 가득한 눈초리를 보냈다.

'뭐야, 다들 왜 저러지?'

그때, 탈락자의 모습을 마지막으로 라이브 액팅이 끝이 났고, 동시에 MfB의 희애가 참가자들에게 하는 말이 들렸다.

"대박!"
"왜요?"
"이거 봐! 지금 파이온 실시간검색 1위부터 10위까지 전부 라이브 액팅 얘기야."
"누나도 있어요?"
"그건 아니고. 아직 우리들은 아무도 없지. 대신 채이주 선배님이 반은… 어? 팀장님도 있네?"

다들 곽이정을 쳐다봤고, 아직 이유를 모르는 곽이정은 어깨를 으쓱거렸다. 그러자 희애가 고개를 저으며 재빨리 수정했다.

"곽 팀장님 말고 한 팀장님."

모두가 고개가 뒤에 있던 태진에게 향했고, 태진은 당황스러웠지만 평소와 같은 표정으로 모두의 시선을 받고 있었다.

"다즐링도 한 팀장님 말하고, 채이주 선배님도 한 팀장님 말한 거 같은데요?"

그 말을 시작으로 모두가 각자의 휴대폰을 꺼내고는 검색을 하기 시작했다. 그와 동시에 저마다 뭘 찾을 때마다 태진을 한 번씩 쳐다보기 시작했다.

"오… 만능맨!"

하지만 정작 당사자인 태진은 검색을 할 수가 없었다. 전화는 물론이고 메시지가 계속해서 오는 중이었다. 전화를 받을까 했지만, 자신을 보고 있는 시선들 때문에 받을 수가 없었다. 그때, 곽이정이 분위기를 바꾸기 위해 박수를 치며 입을 열었다.

"방송을 다 봤으면 이제 작품을 정하죠."

태진이 주목을 받는 게 못마땅한지, 아니면 방송으로 기세를 탄 지금 유리하게 작품을 선정하려는 건지 화제를 전환해 버렸다. 플레이스 직원들은 입장을 고수하고 있었지만, 참가자들은 약간 흔들린 모양이었다. 모든 관심이 MfB로 향하고 있다 보니 왠지 MfB의 말을 들어야 할 것 같은 표정들이었다. 그때, 플레이스의 참가자인 세원이 태진을 쳐다보며 말했다.

"저기, 한 팀장님은 어떤 작품이 더 좋은 거 같으세요?"

세원의 질문에 양쪽 직원들은 저마다의 이유로 모두가 불안한 표정으로 태진을 쳐다봤다.

제5장

누구의 편

사람들의 시선을 받은 태진은 약간 난감했다. 답은 정해 놓은 상태였지만, 여기서 플레이스의 작품을 고른다면 MfB 팀원들에게 배신자가 될 것 같은 느낌이었다. 그때, 옆에 있던 필이 고개를 갸웃거리며 말했다.

"왜 그래요?"
"네?"
"뭐가 그렇게 불안해요?"
"네?"

태진은 순간 당황했다. 표정이 없다 보니 알 수가 없을 텐데 필은 유독 자신의 감정을 잘 알아차렸다. 지금도 자신을 보는 많은 사람들이 전혀 알지 못하는데도 필만은 알고 있었다.

"손가락 그렇게 꼼지락거리지 말고요."
"아!"
"뭐라는데 그렇게 불안해하는 거예요."
"저한테 어떤 작품이 더 좋은지 물어봐서요."

태진과 필이 속삭이는 모습에 사람들은 더 관심 있게 지켜봤고, 필은 그런 사람들을 쳐다본 뒤 태진을 봤다. 그러고는 의아한 표정으로 입을 열었다.

"그게 왜요?"
"그게……."
"아! 이해했어. 오페라가 더 좋다고 말하면 저기 저 사람들이 뭐라고 할까 봐?"

정곡을 찌르는 말에 태진은 대답을 하지 않았다. 그러자 필이 헛웃음을 뱉으며 말했다.

"필 그런 걸 가지고."
"같은 회사니까 좀 그래요."
"말만 회사잖아요. 그리고 태진은 이제 1팀 아니잖아요. 자기도 팀장이면서 뭐가 걱정이에요. 1팀에 다시 들어가려고요?"
"아!"

필의 말처럼 같은 회사이기는 해도 같은 1팀은 아니었다. 그동안 곽이정과 하도 같이 있다 보니 무의식적으로 곽이정을 의식하고 있었다. 게다가 1팀에서도 자신들이 하는 일을 전혀 알려 주지 않았다. 그저 필요한 일에 대해서만 지원 요청을 한 것이었다.

"그러네요."

지금도 자신을 믿는다는 표정이 아니라 다들 무척 불안해하는 모습이었다. 지금 이 상황이 재미있다는 듯 웃고 있는 김국현을 제외하고는 모두가 같은 표정이었다. 그 모습들을 보고서 마음의 결정을 내린 태진은 자신을 보고 있는 사람들을 향해 말했다.

"전 아무래도 오페라의 유령이 더 좋은 거 같습니다."
"어……?"

태진의 말에 가장 먼저 반응을 한 사람은 이창진이었다. 소속이 다르다 보니 MfB의 의견에 힘을 실어 줄 거라고 생각했던 모양이었다.

"아! 오페라! 들었죠? 다들 들었죠? 봐, 오페라의 유령이 훨씬 좋다니까! 하하하."

그와 동시에 곽이정을 비롯해 MfB 1팀의 표정은 썩어 갔다. 곽이정이 애써 표정을 관리하며 말을 하려 했지만, 이미 태진의 말을 들은 참가자들이 술렁이고 있었다. 친분이 있는 참가자들끼리 대화를 나누었다.

"야, 정만아. 한 팀장님이 보기에도 우리 오페라가 더 좋다잖아. 하하. 이리 와."

"태진이 형이 보기에는 그런가 본데요?"

"제대로 보신다니까. 너도 저번에 그랬잖아. 우리한테 도움이 되는 쪽으로만 해 준다고. 한 팀장님이 보기에는 오페라가 더 도움이 될 거 같다고 판단하신 거지."

"하긴… 태진이 형이 오페라가 더 좋다고 하신 거 보면 이유가 있는 거 같네요. 저도 오페라가 더 당기긴 해요."

태진과 줄곧 함께했던 MfB의 정만이나 희애 같은 경우는 곧바로 마음을 돌렸지만, 바로 전 미션에 다른 팀에 있었던 참가자들은 쉽게 마음을 바꾸지 못했다. 하지만 분위기 때문인지 흔들리는 것은 확실했다. 그때, 참가자들의 마음을 알아차린 이창진이 득의양양한 표정으로 입을 열었다.

"이제 더 이상 시간도 없는데! 결정하죠."

"시간이 문제가 아니죠. 좀 더 나은 방향으로 좋은 결과를 이끌어 낼 수 있는 작품을 선택해야 합니다."

"좋은 결과를 이끌어 내려면 빨리 연습을 해야죠. 계속 그런 식이면 작품 선정 못 해요. 이럴 게 아니라 참가자들이 직접 정하게 투표로 결정하죠. 뭐, 누가 뭐 적었는지 모르게 무기명투표로 결정하죠. 공평하게!"

곽이정의 미간이 살짝 찡그려졌다. 그것도 잠시, 무언가를 생각했는지 사람들을 둘러보더니 다시 평온해진 표정으로 입을 열었다.

"좋습니다. 그렇게 하시죠. 다만 참가자들만이 아니라 우리도 같이 하는 걸로 하죠."

곽이정이 괜히 저런 말을 할 사람이 아니었기에 불씨를 던져 놓은 태진은 사람들 수를 세어 보았다.

'아… 대단하다.'

장소가 MfB이다 보니 직원들까지 포함하면 MfB의 수가 더 많았다. 그래도 참가자들이 어떤 결정을 내릴지 알 수 없는데 저런 말을 한 것은 약간 의외였다. 그때, 이창진의 표정이 눈에 들어왔다. 방금 전까지만 해도 자신만만한 표정이었는데 지금은 약간 불안해하는 모습이었다. 그제야 태진은 곽이정이 투표에 동의한 이유를 알 것 같았다.

"참가자만 미션을 만드는 게 아닌 건 아시죠? 물론 참가자들의 의견이 중요하지만, 지금 이 자리까지 혼자서만 올라온 게 아니죠. 동의하시죠? 모두가 힘을 합쳐 여기까지 왔는데 투표에 참여하는 건 당연하다고 봅니다."

대충 예상했던 표가 비슷해지는지 이창진은 쉽게 대답을 하지 않았다. 아마 이 부분을 노린 듯했다. 불안감을 조장해서 투표를 무효화하면 이창진이 한발 물러나는 그림처럼 보일 것이었다. 그리고 그렇게 되면 좀 더 힘이 실리는 것은 곽이정 쪽이었다.

'와, 영악하다는 게 이런 거구나.'

하지만 이창진도 곽이정의 의도를 눈치챘는지 쉽게 대답하지 않았다. 이렇게 또 시간을 낭비할 것 같은 모습에 태진은 조용히 손을 들었다.

"저도 투표하는 거죠?"

이창진에게 힘을 실어 준다는 의미도 있었지만, 빨리 결정을 내리는 편이 참가자들에게 더 도움이 될 거라는 생각에 한 말이었다. 그런데 그 말에 곽이정이 곧바로 반응을 보였다.

"아니죠. 한태진 씨는 이미 의견을 밝혔으니까 투표보다는 공평하게 개표를 해 주시죠.”

어떻게 들으면 맞는 말 같았지만, 속내를 보면 말도 안 되는 이유였다. 이창진도 알아차렸는지 곧바로 대응을 했다.

“말도 안 되는 소리를 하시네. 한 팀장도 투표할 권리가 있죠! 곽 팀장 논리라면 우리 다 의견 밝힌 상태인데 그럼 우리도 투표하면 안 되죠! 맞죠? 아니지, 동의하시죠?”

이창진은 다시 기세를 잡았다는 생각에 곽이정을 흉내 내며 말했고, 곽이정은 애써 괜찮은 척 표정 관리를 했다. 여기서 반대를 하면 이번에는 자신이 한발 물러서는 그림이 될 것이라는 생각에 반대를 할 수가 없었다.

태진은 곽이정을 보며 한숨을 뱉었다. 같은 회사이면서도 오히려 이창진보다 못했다. 아무리 마음에 들지 않더라도 이창진은 꼭 팀장이라고 불러 주는데 곽이정은 이름을 불렀다. 물론 팀장 소리를 듣고 싶은 것은 아니었지만, 자신을 존중해 주는 느낌이 싫을 리가 없었다. 그러다 보니 태진도 지금은 이창진의 손을 더 들어 주고 싶은 마음이었다.

“그리고 개표는 필 씨가 해 주시면 돼요.”
“아, 그러네! 역시 한 팀장이 공평해요. 괜히 한 팀장, 한 팀장, 그러는 게 아니라니까요!”

간단한 설명을 들은 필도 고개를 끄덕이며 찬성했다. 그러자 곽이정의 표정이 슬슬 드러나기 시작했다. 진짜 투표를 하게 될 거라고는 생각지 못한 모양이었다. 하지만 자신의 권했고, 이창진이 응한 지금 다시 번복할 수가 없었다. 그저 이 상황을 만든 태진을 보며 인상을 찡그릴 뿐이었다.

*　　　　*　　　　*

투표는 생각보다 빠르게 진행되었고, 이창진은 곽이정이 다른 수를 내지 못하도록 수시로 못을 박았다.

"여기 없는 사람들 있었다고 다시 하자고 하기 없는 거죠? 동의하시죠?"
"알겠습니다."
"괜히 압박 넣고 그런 것도 없기!"
"알겠습니다."

말은 알겠다고 하면서도 1팀 전체가 참가자들에게 강요를 하는 듯한 시선을 보내는 중이었다. 일찌감치 투표에 오페라의 유령을 적은 태진은 그 모습을 지켜봤다.

'비슷하겠네.'

사람 수를 세어 보니 홀수였기에 동표가 나오지는 않을 것이었다. 하지만 MfB의 사람이 많다 보니 결과를 예측하기는 어려웠다. 그때, 옆에 있던 필이 자리에서 일어나더니 구석에서 쟁반을 가져왔다.

"여기에 다 올려 주세요."

필은 그저 지금 상황이 재미있는지 환하게 웃으며 즐기는 중이었다. 여기저기 돌아다니며 투표용지를 걷은 필은 구석에 가서 화이트보드까지 가져왔다.

"각 팀장들 나와요. 개표하면 자기 거에 표시하게."

필이 쟁반을 들고 가운데 있고, 양쪽으로 이창진과 곽이정이섰다. 마치 두 팀장의 모습을 보면 대통령 선거에라도 나가는 것처럼 비장한 표정이었다. 그와 달리 필은 투표용지를 펼쳐 보며즐기고 있었다. 가장 처음 펼친 용지에 적힌 작품을 보고는 마치 영화제 대상을 소개하듯 우렁차게 외쳤다.

"레미제라블!"

그와 동시에 MfB 팀 직원들은 주먹을 불끈 쥐어 올렸다. 이제 시작일 뿐인데도 저런 반응에 태진은 웃음이 나왔다. 하지만그건 MfB뿐만이 아니었다. 플레이스 역시 마찬가지였다. 오페라의 유령이 불리면 MfB에 질세라 더 크게 환호를 했고, 다시 레미제라블이 나올 때면 MfB 직원들이 더 크게 소리쳤다.

'이래서 투표하는구나.'

한 장 한 장 공개될수록 분위기가 과열되는 와중에 어느새 몇 장 남지 않았다. 그리고 화이트보드에 적힌 표 차는 MfB의 레미제라블이 1표 앞선 상황이었다.

"이제 4장 남았는데 과연 그 결과는!"

필이 분위기를 만들어 더 사람들이 집중했다. 몇 표 남지 않았다 보니 태진도 조금은 긴장되었다.

'음, 레미제라블로 해야 되려나.'

그때, 필이 발표는 하지 않고 갑자기 투표용지를 하나씩 열어 봤다. 그 모습을 본 양측의 반응이 엇갈리기 시작했다. MfB 측에서는 필이 긴장되는 분위기를 만들려고 오페라의 유령이 적힌 투표를 찾느라 다 열어 본 것이라고 생각하며 기뻐했다. 플레이스 측에서도 같은 생각이었지만, 아무리 봐도 자신들이 졌다고 생각할 수밖에 없었다. 아니나 다를까 필이 웃으며 이창진을 쳐다봤다.

"오페라의 유령! 이로써 동점!"

방금 전까지만 하더라도 환호를 보냈던 사람들이 지금은 환호 대신 한숨을 뱉었다. 그에 반해 곽이정은 여유로운 표정으로 돌아온 상태였다. 그때, 필이 또다시 이창진을 보며 웃었다.

"이제 3장 남았습니다! 그리고 제 손에 들려 있는 건 바로! 오페라의 유령!"
"어?"
"네?"

이창진은 자신이 맞냐는 듯 눈을 껌뻑거리며 필을 봤고 필은 웃으며 종이를 보여 주었다. 그러자 곽이정이 급하게 종이를 확인했다. 자신의 생각과 달리 흘러가는 상황이 믿기 힘든 표정이었다.
하지만 그것이 끝이 아니었다. 필은 연신 이창진을 보며 웃었고, 그때마다 필의 입에서 오페라의 유령이 나왔다.

"3표 차이로 오페라의 유령이 이겼네요."
"우와아아! 이럴 줄 알았다니까!"

이제 작품이 선정됐을 뿐인데 플레이스 측은 마치 우승을 하기라도 한 듯 기뻐했다. 태진은 속으로 웃음을 삼키고는 곽이정을 쳐다봤다. 승패가 결정 나 버린 지금 번복을 할 수도 없었다. 다른 수가 없다고 생각하는지 여유로웠던 표정이 일그러져 있었다. 그리고 1팀원들은 그런 곽이정의 심기를 느꼈는지 무척이나 조심스러워하고 있었다. 그때, 태진의 눈에 한 사람이 들어왔다. 다들 진심으로 조심스러워하는데 유독 한 사람만 조심스러워하는 척만 하고 있었다. 바로 곽이정의 험담을 늘어놓던 김국현이었다. 그런 김국현이 태진의 시선을 느꼈는지 태진을 쳐다보며 씨익 웃었다. 그러고는 혹시 누가 봤을까 봐 주변을 살피더니 입을 열었다.

"우리 중에 배신한 사람은 없겠죠?"

태진은 저런 김국현의 모습에 자신도 모르게 웃어 버렸다. 그때, 곽이정이 그런 태진을 쳐다봤다.

*   *   *

다음 미션의 작품이 오페라의 유령으로 정해지자 플레이스 측에서는 자신들이 준비한 스태프들을 MfB로 불러 모았다. 참가자들이 꾸밀 이야기를 다듬을 작가와 각본가들은 물론이고 의상, 소품 및 배경을 담당하는 미술 팀까지 불러 모았다. 그러다 보니 장소만 MfB일 뿐 플레이스 위주로 흘러갈 수밖에 없었다. 지금도 이창진의 주도하에 회의가 진행되고 있었다.

"배역 중에 가장 중요한 건 당연히 팬텀하고 크리스틴이겠죠. 물론 그렇다고 다른 배역들이 매력이 없다는 건 아니니까 걱정할 필요는 없어요. 일단 잡음을 없애기 위해 임시로 주연을 정하고 진행하도록 하죠. 말그래도 임시니까 바뀔 수도 있습니다. 먼저 팬텀 역을 하고 싶은 사람 자진해서 받도록 하죠."

이창진의 말이 끝남과 동시에 거의 모든 남자 참가자들이 손을 들었다. 오디션이었기에 주연을 맡는다면 그만큼 관심을 받을 수 있었다. 그러다 보니 기회를 놓치고 싶지 않은 듯 보였다.

"호오! 좋아! 이런 패기! 너무 좋은데요. 이 감독님! 소품 준비했죠."
"네, 말씀하신 거 가져왔죠."
"저 좀 주세요."

이창진의 말에 미술 팀 팀원이 상자 하나를 가져왔다. 그러자 이창진이 신이 난 표정으로 상자를 열었다. 그리고는 뭘 꺼내려다 말고 여전히 일그러진 표정의 곽이정을 힐끔 쳐다봤다.

"하마터면 못 쓸 뻔했네. 곽 팀장도 준비한 거 있을 텐데 미안해서 어떻게 해요?"

곽이정은 마치 태진을 흉내 내듯 표정은 물론 대답도 하지 않았다. 그러자 이창진이 약 올리듯 실실 웃더니 상자에서 무언가를 꺼내 배우들에게 보여 주었다.

"이거 우리 미술 팀이 특별히 만든 가면이에요. 팬텀 하면 가면인 거 알죠? 여러 가지를 준비해 봤어요. 이건 얼굴 전체를 가리는 거고, 이건 얼굴 반 가리는 거고, 이건 눈 주위만 가리는 거고. 아무튼 종류별로 많아요. 그리고 좋은 의견 있으면 그 의견 반영해서 만들 수도 있고요. 일단은 아무거나 하나씩 받아 봐요."

태진은 가면을 써 보는 참가자들을 쳐다봤다. 얼굴에 맞는 사람도 있었고, 어색해 보이는 사람도 있었다. 얼마나 많이 준비를 했는지 남자 참가자들이 하나씩 받고도 가면이 남아 있었다. 오페라의 유령을 하지 않았으면 어떻게 하려고 저렇게까지 준비를 했는지 궁금할 정도로 준비가 잘되어 있었다. 그때, 문득 어떤 생각이 스쳐 지나갔다.

'아! 곽 팀장님이라면 더 많이 준비했을 건데.'

그제야 왜 그렇게 자신들이 가져온 작품을 주장했는지 이해가 되었다. 자신들의 작품이 선정되지 않는다면 그동안 준비한 것들이 물거품이 되어 버리는 것이었다. 곽이정이라면 철두철미하게 준비를 했을 텐데 그것들이 전부 쓸모가 없어져 버린 셈이었다. 게다가 스태프들까지 전부 한쪽으로 치우치게 되다 보니 거의 들러리가 되어 버렸다.

곽이정 쪽에 손을 들어 주지 않은 것이 미안하기는 했지만, 그렇다고 후회하지는 않았다. 취향 차이일 수도 있지만, 태진이 보기에는 오페라의 유령이 더 좋아 보였다. 그때, 이창진이 참가자들에게 말했다.

"사실 주연이란 게 주목도 많이 받지만 그만큼 욕도 많이 먹어요. 뭐, 잘하면 상관없죠. 그런데 주연배우의 연기가 이상하죠? 그럼 전체가 흔들리고 그만큼 욕이 배로 돌아와요. 그걸 주연배우가 다 먹겠죠. 그만큼 책임감이 필요한 게 주연이죠. 다들 알고 지원한 거죠?"

시작도 하기 전에 겁부터 주고 있었다. 태진이 보기에는 참가자들을 위축되게 만들 수 있었기에 그다지 좋아 보이진 않았다.

"그럼 일단 내용은 바뀌겠지만, 그래도 오디션은 봐야겠죠! 지금도 오디션프로그램 하면서 또 그 속에서 오디션 보니까 피곤할 거예요. 그래도 어쩔 수가 없어요. 우리가 준비한 건 간단한 대사인데 꽤 어려워요."

이창진은 종이 한 장을 보며 입을 열었다.

"다들 뮤지컬이나 영화로 보긴 했죠? 뭐, 안 봐도 크게 문제는 없죠. 대충 줄거리들은 알잖아요. 지금 우리가 보려는 것도 원작의 마지막 장면이에요. 앞뒤 다 자르고 한 장면만 볼 거예요. 떠

났던 크리스틴이 돌아와서 반지를 돌려주고 다시 떠나는 장면에서의 모습."

참가자들 중 플레이스의 세원이 손을 번쩍 들어 올렸다.

"대사는요?"
"대사는 필요 없어요. 마음대로 해도 되고. 누구부터 해 볼까요. 음? 손 들 때하고 다른데요?"

생각할 시간이 필요했는지 다들 서로만 쳐다볼 뿐 먼저 손을 드는 사람이 없었다.

"그럼 어떻게 연기할지 생각할 시간을 좀 줄게요. 많이는 못 주고 5분 드리죠."

이창진의 말이 끝남과 동시에 참가자들은 바쁘게 움직였다. 오페라의 유령 줄거리를 모르는 참가자는 휴대폰으로 검색을 하기 시작했고, 이미 줄거리를 알고 있던 참가자들은 자신들이 할 대사를 직접 써 보기도 했다. 그런데 오직 한 참가자만이 가면을 쓴 채 아무것도 하지 않고 눈을 감고 있었다. 다름 아닌 MfB의 최정만이었다.

그 모습을 본 태진은 옆에 있던 필을 쳐다봤다.

"정만 씨는 배운 대로 잘하는 거 같아요. 지금도 필 씨가 알려 주신 대로 상상하는 거 같죠?"

"저게 맞죠. 상상만큼 자신을 배경 속에 빨리 녹일 수 있으니까. 정만은 참 받아들이는 게 빨라요. 그래서 연기가 쑥쑥 느나."

"필 씨가 보기에도 그렇죠?"

"그렇죠. 하루하루가 다르니까요. 이번에는 다른 데 가서 뭘 배웠는지 침착해요. 나한테 같이 배운 사람들 전부 다 들떠서 저러고 있는데 정만 혼자만 침착하잖아요. 신기해."

필의 칭찬에 태진이 뿌듯해졌다. 얼마 전 정만이 사람들의 관심에 잠시 흔들리는 모습을 보이긴 했지만, 이내 원래의 모습으로 돌아왔다. 그러고 나서는 전보다 더 침착해졌고, 주변의 반응에 개의치 않으려 하는 모습까지 보였다.

아마 주연은 정만이 맡게 될 것 같아 보였다. 태진은 뿌듯하게 정만을 바라봤다. 그때, 눈을 감고 있던 정만이 눈을 뜨더니 고개를 갸웃거렸다. 그러고는 혼자 이리저리 움직이기 시작했다. 뭔가를 잡으려는 듯 손을 들어 올려 움켜쥐기도 했고, 무언가를 내려치는 시늉도 했다. 가끔 상대역인 크리스틴의 이름을 부르기까지 했다. 도대체 어떤 연기를 하려고 저런 모습을 보이는지 이해가 되지 않았다. 그때, 옆에 있던 필이 피식 웃었다.

"크크크, 어렵지. 어려워. 저게 정상이지."

"뭐가 어려워요?"

"가면을 쓰면 표정을 드러낼 수가 없잖아요. 그럼 목소리나 행동으로 감정을 보여 줘야 되는데, 뭐 그런 걸 안 해 봤는데 쉽겠어요? 당연히 어렵지. 저기 저 사람이 여우 같아요."

"이창진 실장님이요?"

"네, 다 알고서 가면까지 가져온 걸 거 같은데요? 일단 기죽이고 자기들 마음대로 이끌어 가려고."

"아……."

이창진을 쳐다보자 지금 이 상황이 재미있다는 듯 참가자들을 보며 웃고 있었다. 확실히 곽이정과 다르면서도 비슷한 구석이 있었다. 태진이 이창진을 쳐다볼 때, 필이 웃으며 말했다.

"태진이 참가자라면 무조건 주연일 텐데."

"네?"

"그렇잖아요. 솔직히 말해 봐요. 저게 어려워 보여요?"

"아."

솔직히 어렵다는 생각은 들지 않았다. 계속 표정 없이 살아왔고, 목소리만으로 감정까지 전부 흉내를 냈던 태진이었다. 태진은 대답 대신 자신이 연기를 하면 어떤 식으로 할지 상상해 보았다.

'라울을 놓아주는 그 장면이겠지. 크리스틴이 놓아준 라울하고 떠날 때만 하더라도 좌절보다는 허탈해 보였어. 그 이후에 크리스틴이 돌아왔을 때, 기대감에 기뻐했는데 반지를 돌려주고

다시 떠나는 모습에 무너지는 거. 이걸 지금 식으로 바꾸면 어떤 게 좋을까.'

태진이 모든 영화의 주인공을 따라 한 건 아니었다. 오페라의 유령도 잠깐 따라 해 보긴 했지만, 지금처럼 진지하게 임하진 않았다. 그러다 보니 주연배우의 분위기는 기억이 났지만, 어떤 톤이었는지 목소리는 잘 기억이 나지 않았다.

'목소리는 노래 부르는 게 아니라서 상관이 없으려나. 그래도 좀 음침한 목소리면 좋겠는데. 누가 있을까.'

태진이 상상을 할 때, 필이 태진의 손을 툭 쳤다. 그에 필을 쳐다보자, 필이 고갯짓으로 다른 방향을 가리켰다. 필이 가리킨 곳을 보자 곽이정과 1팀원들이 다가오고 있었다. 태진에게 다가 온 곽이정은 굳은 표정으로 숨을 크게 들이마셨다. 그러고는 아무런 말도 없이 연습실 밖으로 갔고, 뒤따라가던 팀원이 못마땅한 표정으로 태진에게 말했다.

"우리 회사 맞아요?"
"네?"
"뭘 네예요, 진짜. 너무하잖아요. 우리가 준비한 건 어떡하라고! 아, 진짜. 신입이면 신입답게 입 좀 다물고 있지. 연예인들한테 좀 잘해 줘서 개네들이 치켜세워 주니까 자기가 뭐라도 된 줄 알아요? 우리 그냥 안 넘어가요. 아, 진짜! 어디서 거지 같은

게 들어와서."

태진은 순간 당황했다. 그동안 사람과의 관계를 맺지 않다 보
니 이런 말을 들어 본 게 처음이었다. 그것도 자신이 1팀에 처음
배정될 때 친절하게 대해 주던 이철준이 한 말이었다. 게다가 같
이 있던 사람들도 이철준과 같은 생각인지 누구 하나 말리지 않
았다. 모두가 태진을 원망하는 표정이었다. 그러다 보니 아무런
말도 나오지 않았다.

약간 예상은 했지만, 이렇게까지 반감을 살 거라는 생각은 못
했다. 태진은 당황한 채 1팀원들이 나가는 모습을 지켜봤다. 그
때, 아직 남아 있었는지 누군가가 태진의 어깨를 두드렸다. 고개
를 돌려 보니 김국현이 어색하게 웃고 있었다.

"한 팀장님, 힘내요!"
"아, 네……."
"아주 그냥 좀생이들만 모여서 저래요. 지금 업체들하고 계약
해 놨는데 그거 취소해야 되니까 저러는 거예요. 누가 봐도 오페
라가 훨씬 좋은데. 저도 사실 오페라 썼어요. 크크."

방금 겪은 일이 너무 충격적이었기에 김국현의 말이 위로가
되지 않았다.

"저 사람들도 나중 되면 고마워할 거예요. 아, 고마워하진 않
겠다. 정만이가 여기서 주연 맡아서 잘해 가지고 계속 1등 해도

지들이 잘해서 그랬다고 하겠지. 아무튼 그때 되면 다 잊을 거예요. 너무 마음 쓰지 마세요. 아셨죠? 전 언제나 한 팀장님 응원합니다!"

"아, 네… 감사해요."

김국현도 그 말을 끝으로 연습실 밖으로 나가 버렸다. 태진은 1팀이 나간 연습실 문을 가만히 쳐다봤다. 김국현의 위로가 큰 도움이 되지는 않았지만, 자신이 도움이 될 만한 것이 남아 있다는 걸 알았다. 정만이나 MfB의 참가자들이 주연에 발탁되도록 돕는 것이었다. 그때, 이창진이 하는 말이 들렸다.

"MfB분들 잠시 일 있어서 나갔으니까 5분 정도 더 줄게요."

오히려 다들 다행이라고 생각할 때, 정만이 갑자기 손을 번쩍 들었다.

"저 혹시 다른 분한테 여쭤봐도 되나요?"
"누구요?"
"저희 연기 지도 해 주시는 필 선생님한테요."
"그럼요. 되고말고요."

이창진의 허락과 동시에 참가자들은 기다렸다는 듯이 반으로 나뉘었다. 플레이스 참가자들은 자신들의 연기를 지도해 준 감독에게, MfB 남자 참가자들은 전부 필에게 모였다. 게다가 여자 참가자들도 궁금했는지 각자의 팀원들에게 가다 보니 완전 반으로 나뉘어졌다.

그리고 반으로 나뉜 것만으로 끝난 것이 아니었다. 주연을 두고 경쟁을 하다 보니 같은 팀이면서도 경쟁자라고 생각을 하는지 서로를 경계했다. 모이긴 했는데 누구도 먼저 자신이 생각한 캐릭터를 얘기하려 하지 않았다.

필도 별다른 말 없이 그런 참가자들을 보며 씨익 웃기만 할 뿐이었다. 그러다 보니 참가자들이 전부 태진을 보며 필에게 말을 해 달라는 시선을 보냈다. 그때, 필이 입을 열었다.

"막상 해 보려니까 어렵죠?"

태진이 통역을 하자 참가자들이 전부 격하게 동의했다.

"그렇다고 내가 한 명씩 보여 달라고 하면 그건 또 싫을 거 같은데. 맞죠?"

정곡을 찔렸는지 이번에는 쭈뼛대며 서로를 쳐다보며 어색하게 웃었다. 누가 먼저 연기를 보여 준다면 다들 이어서 자신들의 연기를 보여 줄 텐데 선뜻 먼저 나서는 사람이 없었다. 그때, 미소를 짓고 있던 필이 갑자기 자리에서 일어나더니 이창진에게 향했다. 그러고는 손에 하얀색 가면을 들고 오더니 입을 열었다.

"그럼 참고가 될 수 있게 직접 보여 주는 게 좋겠죠?"

다들 필이 직접 연기를 보여 준다는 생각에 하나라도 놓치지 않으려는 듯 필에게 시선을 고정했다. 그런데 필이 갑자기 가면을 옆에 있던 태진에게 휙 던졌다.

"자, 보여 주세요."

제6장

—

리얼 팬텀

참가자들 전부 가면을 받는 태진을 쳐다봤고, 태진은 날아오는 가면을 받으며 필을 쳐다봤다.

"여기서 제일 잘할 거 같은데요?"
"제가요?"
"전에 이주 씨하고 연기할 때도 대사 없었잖아요?"

참가자들이 연습하는 걸 본 태진도 사실 자신이 더 잘할 수 있을 것 같다고 생각했다. 이미 어떤 식으로 흉내를 내야 할지 생각해 낸 상태였다. 게다가 MfB 참가자들 중에서 주연을 맡는 데 도움이 된다면 보여 줘도 괜찮을 것 같았다.

태진은 손에 들린 가면을 가만히 쳐다봤다. 이마와 콧등을 살짝 덮는 하얀색 가면이었다. 가면을 쓴다면 지금 자신의 표정에 신경을 쓰지 않아도 될 것이었다. 그러다 보니 가면을 써 보고 싶은 마음이 들었다.

"한번 해 볼게요."

참가자들은 조언을 많이 듣기는 했지만, 태진의 연기를 제대로 본 적이 없었다. 본 거라고 해 봤자 예전에 필에게 배울 때 상상하던 걸 표현하는 정도가 전부였다. 그러다 보니 어떤 걸 보여 주려고 그러는지 궁금했는지 모두가 태진에게 집중했다.

태진은 천천히 얼굴에 가면을 썼다. 그러고는 자리에서 일어나 의자를 끌고 한쪽으로 터벅터벅 걸음을 옮겼다. 그러자 참가자들의 정면이 아닌 옆으로 섰고, 그 모습을 본 필이 재밌다는 듯 웃었다.

"카메라 구도까지 생각했네."

필의 말을 알아들은 사람이나, 못 알아들은 사람이나 모두가 태진이 뭘 하려는지 잘 모르는 눈치였다. 그때, 자리 확인을 마친 태진이 다른 말도 없이 곧바로 연기를 시작했다. 의자 뒤에 선 태진은 의자 등에 손을 짚은 채 고개를 숙였다. 그때, 뭔가 찢어지는 듯한 소리가 들려왔다. 어디서 나는 소리인지 가장 먼저 알아챈 필도 지금은 그 이유를 이해하지 못한 표정이었다. 그래도 참가자들에게 알려 주어야 하다 보니 태진의 손가락을 가리켰다.

"손가락으로 의자 등 후벼 파는 소리야?"

"쉿!"

참가자들은 옆으로 서 있는 태진의 정면을 보기 위해 고개를 빼 가며 확인했다. 누군가의 말처럼 태진이 정말 손가락을 오므렸다 폈다 하고 있었고, 얼마나 세게 하는지 얇은 의자 가죽이 찢어지고 있었다. 가면까지 쓰고 아무런 말도 없이 저런 행동을 반복하자 약간 섬뜩한 분위기가 만들어졌다. 그때, 옆으로 서 있던 태진이 갑자기 고개를 휙 돌리더니 허공을 응시했다. 그러고는 천천히 입을 떼었다.

"크리스틴? 오……."

그러고는 뭐가 묻기라도 했는지 손을 비비는 걸로 모자라 털어 내더니 급하게 걸음을 옮겼다. 무척 짧은 대사와 행동임에도 참가자들은 다들 엄청 놀란 상태였다. 크리스틴이 돌아온 걸 보고 믿을 수 없다는 반응과 동시에 그럴 줄 알았다는 안도의 한숨, 그리고 기뻐하는 발걸음까지 여러 가지 감정을 한 번에 표현했다.

그러다 보니 시범을 보이는 것임에도 참가자들은 태진의 연기에 몰입했다. 연극을 관람하는 관객들이 된 상태였다. 그때, 태진의 걸음이 멈추더니 갑자기 손을 들어 올렸다. 손을 들어 올리는 모습도 자신의 시선을 손에 둬 보이지 않는 크리스틴이 잡아당긴 것처럼 보이도록 했다. 그러고는 자신의 손바닥을 뚫어져라 쳐다봤다. 그걸로 크리스틴이 떠난 것이었다.

참가자들은 유령이 무너지는 모습을 어떻게 표현할지 집중하며 쳐다봤다. 그때, 태진이 주먹을 움켜쥔 채 손을 어떻게 해야 될지 모르는 사람처럼 이리저리 움직였다. 주머니에 반지를 넣는 행동을 시작으로 다시 반지를 찾으려는지 주머니를 뒤적이는 모습까지, 마치 미친 사람 같은 모습이었다. 도무지 무슨 연기를 하려는지 이해가 되지 않았다. 하지만 태진이 풍기는 기묘한 느낌에 참가자들은 아무런 말도 하지 못했다. 그때, 여자 참가자인 희애가 조용히 혼잣말을 뱉었다.

"되게 보기 불편한데… 아니, 불쾌한 건가."

희애의 혼잣말에 여자 참가자들이 전부 같은 생각이었는지 조용히 속삭였다.

"저만 그런 게 아니구나. 불쾌하면서도 불안하고 좀 무섭고 그래요."
"전에도 살인자 흉내 내더니."
"맞다! 한 팀장님 별명 살인자였죠."

그 와중에도 태진은 손으로 끝나지 않고 발까지 이리저리 움직였다. 다들 숨죽인 채 태진을 지켜봤고, 그때, 태진이 움직이던 발을 멈추고 손을 밑으로 축 내렸다. 그러고는 고개를 참가자들 쪽으로 빠르게 돌리고는 입을 열었다.

"씨발······."

참가자들 전부가 섬뜩한 느낌에 몸을 살짝 뒤로 움직일 정도로 움직였다. 그러면서도 태진에게서 눈을 떼지 못했고, 그저 침만 꿀꺽 삼키고 있었다.

"감히··· 날 떠나······?"

저 말이 마지막 대사였는지 태진이 깊은 한숨과 함께 연기를 끝내고는 참가자들에게 말했다.

"끝인데, 나중에 다시 보여 드릴게요."

가장 잘 어울릴 것 같은 배우 최정식을 흉내 냈고, 최선을 다했다. 하지만 스스로 생각하기엔 만약 두통이 있을 때였다면 좀 더 도움이 되지 않았을까 싶어 조금 아쉬워서 한 말이었다. 그럼에도 참가자들은 말도 없이 그저 태진만 쳐다보고 있었다. 게다가 필은 인상을 찡그릴 정도로 언짢다는 표정을 짓고 있었다. 스스로는 괜찮다고 생각했는데 저런 반응을 받자 약간 당황스러웠다. 태진은 혹시 다른 사람들도 본 건가 싶어 고개를 돌릴 때, 언제 다시 들어왔는지 곽이정과 1팀원들이 못마땅한 표정으로 태진을 지켜보고 있었다. 그 와중에도 김국현은 손을 밑으로 한 채 들리지 않는 박수를 보내고 있었다.

'연기가 이상했나……?'

그때, MfB가 아닌 플레이스가 모여 있는 곳에서 진짜 박수 소리가 들렸다.

"대박!"

박수를 친 사람은 다름 아닌 플레이스의 참가자들에게 연기를 지도하는 뮤지컬 감독이었다. 예전 뮤직비디오 심사 때도 좋은 평가를 내려 준 사람으로 저번 미션에서는 일이 있어서 함께하지 못한 사람이었다. 그 감독은 계속 박수를 치며 다가왔다.

"진짜 대박이에요. 내가 근래 본 연기 중에 가장 마음에 들어요. 우리 팀에는 미안하지만 전 이분, 유령 역에 추천할게요."

뮤지컬 감독이 연신 박수를 치며 가까이 올 때, 플레이스 이창진이 따라 붙었다.

"아이, 감독님! 왜 저기 연습하는 데 끼어드세요."
"뭐, 더 이상 볼 게 있나요? 전 무조건 저 친구."

이창진은 곽이정을 힐끔 쳐다본 뒤 당황한 표정으로 필사적으로 감독을 말렸지만, 감독은 이미 태진에게 꽂혀 버려 결정을 번복할 생각이 없어 보였다.

"이름이 뭐예요?"

흘러가는 상황을 보니 자신을 참가자라고 생각한 모양이었다. 태진은 오해를 풀기 위해 서둘러 입을 열었다.

"저 한태진이라고 합니다."
"한태진 씨라, 왜 내가 못 봤지? 중간에 왔을 리가 없는데. 신기하네. 한수야, 나 참가자 리스트 좀 줘 봐."

그때, 감독을 따라온 이창진이 태진의 앞에 섰다.

"한 팀장님?"
"네, 저 한태진이에요."
"진짜요?"

꽤 많이 대화를 나눴고, 자신의 차에서 TV까지 같이 본 사이인데 자신을 처음 보는 사람 같은 반응을 보이자 태진은 순간 장난을 하는 건가 싶었다. 그때, 순간 가면을 벗지 않았다는 걸 깨달은 태진은 급하게 가면을 벗어 버렸다.

"진짜 한 팀장님이네?"

태진이 가면을 벗자 플레이스의 뮤지컬 감독도 태진의 얼굴이 낯이 익은 모양인지 어이없다는 웃음을 뱉었다.

"허… 어이가 없네. 스태프 아니에요? 뭔 스태프가 연기를 이렇게 해. 배우 출신이에요? 배우나 계속하지 뭐 하러 이런 힘든 일 해요. 배우 했으면 성공했겠고만."
"저 배우 출신 아니에요."
"그래요? 뭐, 아, 음, 말도 안 나오네. 해석도 본인이 한 거고요?"
"제 나름대로 현대극으로 바꿔 봤어요."

뮤지컬 감독은 고개를 끄덕이더니 이창진을 쳐다봤다.

"나보다 이분 연기 한 번 보는 게 더 도움 될 거 같은데요?"

이창진은 태진이 참가자가 아니라는 점에 안도의 한숨을 뱉는 중이었다. 그러고는 뮤지컬 감독의 말처럼 플레이스 참가자들에게도 도움이 될 거라는 생각에 입을 열려 할 때, 뒤에서 말이 들려왔다.

"잠깐."

고개를 돌려보니 곽이정이 또다시 실실 웃으면서 걸음을 옮겼다.

"연습은 각자의 팀에서 해야죠."

"아니, 그걸 말이라고. 지금 우리 같은 팀……."

"같은 팀이지만 경쟁을 하는 중이죠. 그래서 작품 선택도 경쟁을 한 거고요. 동의하시죠?"

이창진은 짜증이 나는지 고개를 돌린 채 욕을 하는 입모양을 했다.

"그래도 이건 좀 아니죠. 작품 결정된 건 투표로 결정된 거 아닙니까."

"주연도 의견이 나뉘면 투표로 결정을 할 것 같지 않나요? 배역이 전부 정해진 뒤 한 팀이 되겠죠."

곽이정이 왜 갑자기 나서는지 정확히 알 수는 없었지만, 그래도 함께 일을 해 봤기에 어렴풋이는 알 것 같았다. 아마도 배제된 것이나 다름없는 상황에 끼어들 틈을 발견하고 그 틈을 벌리려고 저러는 듯 보였다. 주도권을 가져오지는 못하더라도 같은 위치에 설 수 있는 무언가를 발견한 듯했다.

"그럼 연습하고 다시 만나죠. 아, 여기는 플레이스가 연습하세요. 저희는 옆 연습실을 사용하겠습니다. 저희는 연습실이 두 개라서."

"저! 저! 잠깐만요! 5분 지났거든요?"

각 팀을 이끄는 수장들의 대화가 맞나 싶을 정도로 유치했다.

곽이정은 실실 웃으며 플레이스의 참가자들을 살펴보더니 입을 열었다.

"저쪽도 준비가 안 된 건 마찬가지 같은데요."

"하……."

"10분 뒤 다시 뵙는 게 좋을 거 같은데요. 동의하시죠?"

이창진이 동의하냐는 말에 반응을 보여서인지 일부러 그 말을 계속 뱉었다. 이창진이 화를 참는 모습을 보며 곽이정은 피식 웃고는 참가자들에게 이동하라는 손짓을 보냈다.

그렇게 옆 연습실로 이동하는 와중에 태진은 곽이정과 1팀원들을 살폈다. 아까보다는 많이 누그러진 듯 보였지만, 여전히 자신을 못마땅해하는 것이 느껴졌다. 아니나 다를까 연습실에 들어와서도 태진에게는 말을 한 번도 걸지 않고 필에게 대신 말했다.

"잘 부탁드립니다. 여러분들도 필 선생님의 지도 잘 따라 주셔서 꼭 유령 역에 배정될 수 있도록 노력해 주세요."

그 말을 끝으로 다시 한 발 뒤로 물러났다. 마치 자신이 말을 해서 필이 참가자들을 봐준다는 느낌이 들게 만들었다. 게다가 부탁을 받는 필도 기분이 나쁘지 않을 말투였다. 예전이라면 저런 모습에도 아무것도 못 느꼈을 테지만 지금은 곽이정의 행동 하나하나에 의미가 담겨 있는 것이 보였다.

하지만 필은 곽이정의 말을 듣는 둥 마는 둥 관심 없다는 모습으로 태진만 쳐다보는 중이었다. 필이 너무 뚫어져라 보는 탓에 다른 곳을 쳐다볼 수가 없었다. 남들이 다 칭찬을 했을 때도 계속 언짢은 모습을 보였기에 무언가 잘못된 점이 있는 건가 싶어 필의 말을 기다렸다. 그때, 필이 한숨을 뱉으며 입을 열었다.

"사이코패스였죠?"
"아, 네. 비슷해요."
"사이코패스에 대해 잘 아나요?"
"잘은 아닌데, 영화에서 자주 등장해서 좀 알아본 적이 있었어요. 조금 이상했나요?"
"아니요. 너무 비슷해서. 후."

필에게서 뭔가 이상함을 느낄 때, 필이 양손으로 자신의 볼을 소리가 날 정도로 때리며 말했다.

"후우! 일단 캐릭터를 어떻게 분석했는지부터 얘기해 줘요."

방금 전까지 찡그리고 있던 필이 평소 같은 표정을 지으며 말했다. 태진은 약간 이상함을 느끼긴 했지만, 시간이 별로 없다 보니 자신이 분석한 캐릭터를 설명했다.

"제가 봤을 때 오페라의 유령이 현대 영화로 나오면 범죄물이 될 것 같더라고요. 극장 밑에서 몰래 사는 것도 그렇고, 또 크리스틴한테 하는 걸 요즘 사람들이 본다면 스토커라고 볼 거 같았어요. 거기에 납치까지 하고, 최면도 걸고 별거 다 하거든요. 극에는 나와 있지 않아도 별의별 거 다 했을 거예요. 면사포까지 씌웠으니까. 크리스틴이 납치당한 뒤 잠시 유령한테 애잔함을 느끼기는 하는데 그건 스톡홀름증후군 같은 건 아닐까 생각이 들더라고요. 그사이에 유령도 조금씩 마음이 열리는 거고. 사실 라울이 크리스틴을 구해 주러 왔을 때도 사실 풀어 줄 이유는 없었거든요. 그냥 확인이 하고 싶었던 건 아닐까 싶었어요. 그래서 놓아준 거고요. 제가 한 연기는 그다음부터예요."

"아! 그래서 초조해서 의자를 막 긁은 거였구나! 대박! 앞에 얘기를 들으니까 이해가 되네!"

"사이코패스니까 저런 짓을 하지."

참가자들은 태진이 했던 연기를 떠올리며 하나씩 끼워 맞춰 보기 시작했다.

*   *   *

다시 참가자들이 모두 한곳에 모였다. 작품 선정 때도 반으로 갈라져 있어 서로를 경계했는데 따로 연습을 하고 모여서인지 더욱 서로를 경계하는 분위기였다. 같은 팀이면서도 마치 다른 팀인 양 불편해하는 모습까지 보였다. 하지만 태진이 플레이스에 담당할 때 있었던 팀원들은 조금 달랐다. 자신들의 연기에 자신감이 붙었는지 어떤 연습을 했는지 물어보며 경계가 아닌 경쟁을 하려 하는 모습이었다.

"그럼 시작하죠. 우리 플레이스부터 하죠."

"잠시만요. 저희부터 했으면 하는데요."

"하아, 그럼 우리 한 명, MfB 한 명 이렇게 하죠."

"우리부터 시작해서 번갈아 가면서 하죠. 편하게 연습하라고 연습실도 내드렸는데."

"그게 편하게 하라고 한 겁니까? 안 보여 주려고 그런 거지! 됐고, 공평하게 가위바위보로 합시다!"

곽이정과 이창진은 하는 순서로도 의견이 일치되지 않았다. 태진이 보기에는 참가자들이 서로를 경계하게 만든 원인이 바로 저 두 사람 같았다. 아마도 상대편 기를 죽이려고 자신의 팀에서 가장 연기를 잘하는 사람을 내보낼 것이었다. 결국 다들 지켜보는 가운데 가위바위보를 해야 하는 우스운 상황이 벌어졌고, 누구 하나 물러나지 않았다.

"아자! 그러니까 우리가 먼저 한다고 했잖습니까. 뭘 이렇게 번거롭게. 세원아! 준비해!"

가위바위보를 이긴 이창진은 득의양양한 표정으로 참가자 세원을 불렀고, 진 곽이정은 곧바로 정만을 부르며 무언가를 속삭였다. 태진이 그 모습을 지켜볼 때, 필이 피식거리며 웃으며 말했다.

"무슨 코치들도 아니고, 꼭 권투 하는 거 같은데?"

"그러게요. 더 부담될 거 같은데."

그렇게 세원이 먼저 앞으로 나왔다. 전의 미션에서 교감 역도 상당히 잘 소화해 냈던 참가자였기에 어떤 연기를 할지 궁금한 마음에 관심 있게 지켜봤다. 가면을 쓴 세원은 곧바로 연기를 시작하기 앞서 자신이 설정한 캐릭터에 대해 설명했다.

"저는 실력은 좋지만 사고로 다친 얼굴 때문에 자신감이 없는 캐릭터로 설정해 봤습니다. 그리고 상대역인 크리스틴은 엄청 강하고 의지가 넘치며 원하는 바를 얻기 위해서는 뭐든지 하는 악역으로 설정했고요. 지금 하려는 장면은 원하는 바를 얻은 크리스틴이 떠나는 장면부터 연기를 할 겁니다. 이런 말씀을 드리는 거는 납치를 한 게 아니라 크리스틴이 유령의 실력을 보고 직접 찾아왔다는 걸 알아주셨으면 해서 말씀드리는 겁니다. 그럼 시작할게요."

세원의 연기가 시작되었고, 태진은 가볍게 고개를 끄덕거렸다. 설정을 들어서인지 세원이 하는 연기가 이해되었다. 하지만 고개를 끄덕거리는 정도가 전부였다. 연기를 보고 잘한다는 생각이 드는 게 아니라 왜 저런 연기를 하는지 이해가 되어서 끄덕거린 것이었다.

지금도 자신감 없는 유령이 떠나는 크리스틴에게 애원을 하는 모습이 신선하긴 했다. 다만 그동안 봤던 유령과 너무 다르다 보니까 쉽게 이입이 되진 않았다. 만약 세원의 연기가 엄청났다면 모를까 지금의 연기로는 조금 아쉽다는 느낌이었다. 무엇보다 태진이 보기에는 큰 문제가 있어 보였다.

마지막으로 반지를 돌려받은 세원은 바닥에 털썩 주저앉아 가면을 벗어 던지며 자신의 얼굴을 원망하며 연기를 끝냈다. 그러자 다들 박수를 보내기 시작했고, 세원은 만족한 듯한 표정으로 자리로 돌아갔다.

"다들 어떻게 보셨을까요?"

참가자들은 자신들도 연기를 해야 하는 입장이었다. 그래서인지 평가하기가 조심스러웠는지 누구도 입을 열지 않았다. 그때, 곽이정이 먼저 입을 열었다.

"잘 봤습니다. 그런데 내용이 너무 신파인데요."

"설정은 자기 마음이죠. 이대로 할 건 아니고, 이건 우리 세원이가 방금 만든 설정이니까 걱정하지 마시고요. 각본은 어느 정도 준비되어 있습니다. 배역이 정해지면 공개하도록 하죠."

"그렇겠죠. 제가 느끼는 건 좀 가면을 쓰고 저런 비참한 연기를 한다는 게 괴리감이 느껴진다고 해야 할까요?"

각본가들까지 이곳에 와 있기에 많은 준비를 했다는 건 누구나 알고 있었다. 그럼에도 곽이정은 작가 팀의 실력에 의심이 간다는 듯 돌려 말했다.

'참, 이 실장님이 싫어할 만하네.'

같은 회사임에도 말 한마디 한마디가 얄밉게 느껴졌다. 그때, 곽이정이 피식 웃더니 태진 쪽을 쳐다봤다. 그러고는 바로 고개를 돌린 채 필에게 말했다.

"필 선생님은 어떻게 보셨는지요?"

자신감이 느껴지는 목소리였지만, 태진이 어떤 말을 할지 예상할 수 없었는지 태진 대신 필에게 질문을 했다. 질문을 받은 필은 천천히 입을 열었고, 태진은 그 말을 듣고선 고개를 끄덕거리며 전해 주었다.

"세세한 설정이 좋았다고 하시네요. 뭘 말하고 싶은데 말하지 못하는 걸 표현하려고 입술을 깨무는 것도 좋았다고 하시네요. 그 모습 하나만으로도 어떤 캐릭터인지 이해가 됐다고 하셨어요. 다만 더 소심하다는 걸 제대로 보여 주려면 마지막에 벗은 가면을 던지지 말고 그냥 쳐다만 보는 게 더 어울리지 않았나 생각이 든다고 하시네요."

필은 이번 역시 시나리오에 대한 얘기 없이 연기에 대해서만 평가를 내렸고, 다들 동의한다는 듯 고개를 끄덕거렸다. 연기에 대해서만큼은 태진도 이의가 없었다. 그때, 얘기를 마친 필이 태진에게 손을 내밀었다.

"난 이게 다인데 태진이 보기에는 어때요? 다른 게 있을 거 같은데?"

필의 말을 알아들은 사람은 태진을 쳐다봤고, 마침 궁금한 게 있었던 태진은 세원에게 직접 질문을 했다.

"이렇게 설정을 하면 마무리가 어떻게 될까요?"

질문을 받은 세원이 순감 움찔거렸고, 플레이스 측 감독과 각 본가들은 태진을 관심 있게 쳐다봤다. 그래서인지 세원 대신 연기를 가르치는 감독이 대신 입을 열었다.

"뭐 때문에 그러세요?"
"문제가 있는 게 아니라요. 어차피 설정은 작가님들이 만드실 테니까 걱정되진 않는데 단지 궁금해서 물어보는 거예요. 저렇게 끝나 버리면 유령이란 캐릭터가 너무 평면적으로 보이지 않을까 해서요."
"어떤 부분이요?"
"주인공인데 이용당하고 버림받으니까 찜찜하기도 하고요. 저 장면을 거의 시작 부분으로 쓰면 얘기가 달라지긴 할 텐데, 그럼 뒤에 얘기를 완전 새롭게 만들어야 하지 않을까 해요. 그럼 오페라의 유령이 아닌 새로운 작품이 될 거 같거든요."
"정답이네."

사실 세원이 설정한 캐릭터는 작가들이 버린 내용을 자신이 하겠다고 해서 한 것이었다. 작가들도 이런 문제 때문에 버린 것이었는데 태진이 그걸 정확히 지적했다.

"저 사람 뭐예요? 어떻게 우리가 짠 거 다 알아?"
"내 말이. 우리가 최종적으로 사이코패스로 설정한 것도 먼저 보여 주고. 이거, 스파이 있는 거 아니야?"

작가들이 신기한 듯 태진을 볼 때, 누군가가 입을 열었다.

"저 사람이 한태진이래요."
"한태진이 누군데."
"아까 대기하다가 한태진 얘기 했잖아요. 그 한태진이 저 한태진이래요."
"아! 실검에 있는 그 사람? 그 사람이 저 사람이야?"
"그렇대요. 괜히 사람들이 능력자라고 하는 게 아니네요."

어떤 참가자들이 실시간검색어에 올랐을지 궁금해 찾아보던 중 태진의 이름을 보게 되었다. 혹시 참가자인가 싶어 실검에 올라온 이유를 찾아보다가 SNS를 보게 되었고, 사람들이 태진에 대해 언급한 내용들을 봤다. 그때까지만 해도 얼마나 대단하길 래 이런 반응들인지 궁금하긴 해도 과장된 얘기라고 생각했다. 그런데 실제로 보니 정말 대단한 사람처럼 보였다.

"생각해 보니까 어이가 없네."

"뭐가요?"

"우리는 며칠 동안 짜서 나온 게 사이코패스 팬텀이잖아요."

"그게 왜요?"

"근데 저 사람은 오페라의 유령 듣고 바로 나온 거잖아요."

"에이!"

"뭐가 에이예요. 아까만 해도 레미제라블 할지 오페라 할지 정하지도 않았다는데. 내 말이 맞죠?"

"그러네……."

작가들이 떠드는 사이에 태진이 또 무슨 말을 할지 긴장하던 곽이정은 안도의 한숨을 뱉었고, 지적만 받을 거라 예상하지 못한 이창진 역시 한숨을 뱉었다. 그때, 우물쭈물거리던 세원이 입을 열었다.

"거기까진 생각을 못 했어요."

"야, 너 내가 그거 안 된다고 해도 그거 마음에 든다고 하고 한 거 아니야."

"그냥 하지 말라고 하신 줄 알았죠."

감독은 어이가 없다는 표정으로 세원을 쳐다봤다. 그럼에도 세원은 눈치가 없는 건지 개의치 않는 건지 자신의 실수를 알려준 태진에게 고개를 숙여 감사를 표했다. 그때, 보고 있던 이창진이 급하게 입을 열었다.

"시간이 별로 없었으니 약간 부족할 수밖에 없었겠죠. 그래도 전문 연기 지도자이신 필 씨의 말처럼 세세한 설정은 좋았다고 봅니다. 그럼 MfB분을 볼까요?"

태진은 속으로 웃음을 삼켰다. 이창진의 표정으로 보아 연기 지도자인 필이 칭찬을 했으니 너희는 그만 입 다물라는 의미가 담긴 듯했다.

이창진의 지목을 받은 곽이정은 자신만만한 표정으로 정만을 봤고, 정만은 곽이정이 아닌 태진을 쳐다봤다. 딱히 말을 한 건 아니었지만, 긴장하는 모습에 태진은 격려를 해 주었다.

"아까처럼 하면 괜찮을 거예요."
"후… 네!"

앞으로 나간 정만은 심호흡을 하고는 입을 열었다.

"전 제가 설정을 한 게 아니고 태진이 형이 만든 설정으로 연기를 해 보겠습니다."

이번에도 양쪽 대표들의 상반된 표정이 보였다. 곽이정은 저런 말을 뭐 하러 하냐는 표정이었고, 이창진은 좋은 건수를 발견한 듯한 표정이었나. 아니나 다를까 이창진이 옳다구나 싶었는지 바로 입을 열었다.

"그건 좀 그렇지 않나요? 본인이 만든 설정으로 해야지."
"어? 그런가요……?"

곽이정을 욕할 필요가 하나도 없었다. 태진이 보기에는 이창진이나 곽이정이나 도긴개긴이었다. 갑자기 지적이 들어오자 정만은 약간 당황한 모습을 보였다. 그 모습을 본 태진은 정만을 대신해 서둘러 말했다.

"저기, 질문이 있는데요."
"네, 한 팀장님. 말씀하세요."
"지금 참가자들이 캐릭터 설정을 한 걸 바탕으로 얘기를 만드나요?"
"그건 아니죠."
"어떤 설정을 가져오든지 바뀌는 거 맞죠? 그럼 지금 캐릭터 설정은 큰 의미가 없을 거 같은데."

곽이정은 모처럼 만에 태진을 보며 환하게 웃었고, 이창진은 미간을 찡그리며 말했다.

"그럼 한 팀장님은 세원이 얘기 할 때 뭐 하러 스토리 얘기 하셨어요?"
"전 아까 궁금해서라고 말했어요. 작가님들이 짜신 스토리 있을 거라고 했었던 것 같은데."

"아."

"그리고 이 실장님도 세원 씨 얘기할 때 연기 쪽으로만 칭찬하셨잖아요."

이창진은 괜한 얘기를 꺼냈다는 생각이 들었다. 같은 회사 직원들까지 그러지 말라고 말리는 듯한 눈빛이었다. 이창진은 민망함을 떨쳐 내려 헛기침을 크게 뱉었다.

"뭐, 크게 상관은 없죠."

태진은 정만의 등을 살짝 두드려 주었고, 정만은 든든한 태진을 등에 업고 연기를 시작했다.

"방금 말씀 드렸던 대로 최근 범죄드라마들에서 볼 수 있는 소재로, 시점을 범죄자에게 맞춘 것입니다. 어릴 적 사고로 얼굴에 흉터가 크게 생겨서 따돌림을 당하다 보니 성격이 변해 버렸다는 설정입니다. 나머지 내용은 원작과 거의 비슷해요. 그럼 시작하겠습니다."

정만은 태진이 했던 대로 의자를 가져오더니 가면을 얼굴에 썼다. 그러고는 손톱으로 의자 등을 긁기 시작했고, 그와 동시에 연습실에 있던 모든 사람들의 표정이 일그러졌다.

*　　　*　　　*

태진마저도 인상을 찡그리며 정만을 바라봤다.

"저거, 손톱 들린 거 아니야? 손톱에 피 맺혀 나오는 거 같은데?"
"진짜? 징그러워."
"미쳤나 봐!"

소리도 듣기 싫은데 정만의 손톱에 피가 맺히자 다들 기겁을 했다. 보다 못한 이창진이 정만을 말리려 나서려 할 때, 반대편에 있던 곽이정이 나서지 말라는 듯 손을 휘저었다. 이창진을 제지한 곽이정은 사람들에게도 조용히 지켜보라는 듯 검지를 입에 갖다 댔다.

정만은 아프지도 않은지 피가 맺힌 상태로도 연신 의자 등을 긁어 댔다. 가죽으로 되어 있던 의자 등이 완전 손톱자국으로 걸레가 되어 버렸다. 그러던 정만이 갑자기 고개를 획 돌렸다. 그러고는 가면 밑으로 보이는 입꼬리가 천천히 올라갔다.

"크리스틴?"

캐릭터 설정을 한 태진마저도 소름이 끼쳤다. 어떻게 연기를 해야 하는지 설명을 해 주긴 했는데 태진이 상상하던 걸 그대로 보여 주는 걸 넘어 무서운 느낌까지 들었다. 목소리에 떨림까지 줘서 광기에 물든 사람의 목소리처럼 들렸다. 그러다 보니 걱정하던 모든 사람들이 입을 다문 채 정만에게 집중했다. 마치 연극을 관람하는 듯한 표정으로.

그것으로 끝이 아니었다. 크리스틴이 돌려준 반지를 쳐다보는 연기를 할 때는 여기저기서 침을 삼키는 소리가 들렸다. 정만이 의도한 것인지 즉흥적으로 한 것인지 알 수는 없지만, 반지에 묻은 피를 입고 있던 티셔츠에 천천히 닦아 내었다. 반팔이다 보니 배 부위를 사용해 닦았고, 옷에는 피가 묻어 더욱 섬뜩한 느낌을 줬다.

그러던 정만이 갑자기 피가 밴 손톱을 깨물기 시작했다. 그 뒤 갑자기 몸을 부르르 떨더니 크리스틴이 나간 쪽을 쳐다봤다.

"씨발, 네가 감히? 나를 떠나?"

정만의 마지막 대사가 끝이 났지만, 누구 하나 말을 뱉는 사람이 없었다. 참가자들은 정만의 연기에 압도를 당한 상태였다. 이창진은 꼬투리를 잡으려고 했지만, 잡을 수 있는 것이 없었고, 곽이정은 자신의 예상을 넘는 정만의 연기에 약간 놀란 상태였다.

정만 역시 집중을 했는지 감정을 추스르고 있었다. 태진은 그런 정만을 가만히 쳐다봤다. 잠깐의 연기로도 완전 기를 다 빨린 사람처럼 힘들어 보였다.

'대단하네… 후, 일단 반창고부터 가져와야겠다.'

정만의 손톱이 신경 쓰인 태진은 연습실에 구비되어 있는 구급상자를 가지러 갔다. 그사이 곽이정이 정만의 옆으로 가더니 플레이스 쪽을 보며 입을 열었다.

"평가를 좀 해 주셔야 하지 않을까요?"

이창진은 인상을 찡그리고는 플레이스의 참가자들을 쳐다봤다. 정만의 연기에 완전 기가 죽어 버린 상태였다. 이 상태로 더해 봤자 망신만 당할 게 뻔했다. 이창진은 곽이정을 쳐다보기 싫었는지 고개를 돌린 채로 말했다.

"하아, 하세요."
"뭘 하라는 거죠?"
"유령 하라고요! 척하면 착하고 알아들어야지. 뭘, 참."
"정확히 해야죠. 그럼 이 실장님 의견에 반대하시는 분이나 도전하시려는 참가자분들 계세요?"

플레이스는 물론이고 MfB에서도 손을 들지 않았다. 그러자 곽이정은 격려하듯 정만의 어깨를 툭툭 치며 말했다.

"그래도 똑같이 평가는 들어 봐야겠죠. 필 선생님 평가는 어떨지 궁금하네요."
"뭘 또 들어요. 시간도 없는데 바로 진행하지!"

곽이정은 이창진의 말을 무시하며 필을 쳐다봤다. 구급상자를 가져온 태진도 통역을 하기 위해 필을 봤는데 필의 표정이 그다지 좋아 보이진 않았다. 그때, 필이 갑자기 태진을 쳐다본 뒤 정만을 보며 말했다.

"정만, 이리 와 봐요. 병원 가기 전에 태진이 잠깐 붕대라도 감아 줘요."
"아, 저 괜찮습니다!"
"안 괜찮아요. 문제 생기기 전에 해결하는 게 최선이에요. 그러니까 병원부터 가요."

안 그래도 정만의 손톱이 신경 쓰였던 태진은 곧바로 소독과 함께 정만의 손에 반창고를 붙여 주었다.

"진짜로 손톱이 들릴 정도로 하면 어떻게 해요."
"너무 힘이 들어가서……."
"아프진 않아요?"
"아까는 몰랐는데 지금은 좀 아파요. 그런데 형, 저 잘했죠?"
"잘했어요. 내가 보여 준 거보다 훨씬 더."

정만은 기분이 좋은지 활짝 웃었다. 그사이 필은 사람들의 가운데로 걸음을 옮겼다. 그러고는 MfB는 물론이고 플레이스까지, 모든 사람들을 천천히 쳐다봤다. 유일한 외국인인 필이 아무 말도 없이 저런 행동을 보이자 다들 의아해할 때, 필이 스태프들을 보며 말했다.

"당신들한테는 여기 이 사람들이 도구입니까? 연기를 하고 있을 때는 끊을 수 없다 쳐도 연기가 끝나면 바로 배우의 상태부터 확인을 해야 하는 사람들 아닌가요? 어떻게 이 많은 스태프들 중에 딱 한 명만 배우를 걱정하죠? 내가 보기에는 당신들은 이 사람들을 배우로 취급을 안 하고 있어요. 그저 돈벌이 수단으로밖에 안 보고 있단 말입니다. 너무 실망스럽네요."

태진이 정만에게 붕대를 감아 주는 있는 동안, 여기저기서 말을 알아들은 사람들이 주위 사람들에게 필의 말을 설명해 주었다. 그제야 필의 말을 이해한 사람들은 자신들의 실수를 알아차리고 멋쩍어했다. 그중 칭찬을 기대하던 곽이정이 굳은 표정이긴 해도 가장 먼저 정만에게 말을 걸었다.

"연기에 빠져서 생각도 못 했네요. 철준 씨가 바로 병원에 데려가 주세요."

그때, 필이 아직 할 말이 남았다는 듯 입을 열었다.

"좋은 연기를 보여 준 만큼 스태프도 그에 걸맞은 대우를 해 줘야 합니다. 이 많은 사람들 중에서 그걸 아는 사람이 태진밖에 없는 게 신기하네요."

필은 그제야 할 말이 끝났다는 듯 다시 원래 자리로 돌아갔다. 그러고는 손가락에 붕대를 감고 있는 정만을 살펴본 뒤 태진에게 말했다.

"근처 병원 알죠?"
"네, 지금 시간이 늦어서 응급실로 가야 해요."
"가죠."
"필 씨도 같이 가시게요?"
"지금 기분으로는 그게 낫겠네요."

필은 서둘러 가자는 듯 정만에게 손짓했고, 알아듣지 못한 정만은 태진을 멀뚱히 쳐다봤다. 그리고 태진은 지금 상황을 못마땅하게 보고 있는 1팀의 시선을 받으며 씁쓸한 마음으로 자리에서 일어났다.

*   *   *

태진의 차로 가까운 병원으로 이동을 하던 중에도 필이 여전히 심각한 표정으로 말 한마디 없이 창밖만 보는 중이었다. 태진은 무거운 분위기를 풀기 위해 필에게 말을 걸었다.

"기분 많이 상하셨어요?"
"음?"
"원래 신경 많이 쓰는데 지금 서로 경쟁하느라 그런 거 같아요. 그러니까 기분 푸세요."

필은 피식 웃더니 태진을 쳐다봤다.

"알죠. 그래서 일부러 그런 건데."

"네?"

"내가 한 말도 맞긴 한데. 꼭 무슨 투자사하고 제작사하고 기싸움 하는 것도 아니고, 둘이 저러면 피해는 배우들이 보는 건데 계속 그러고 있길래 내가 나선 거죠. 서로 다 알면서도 자존심 때문에 물러나질 않더라고요. 거기서 누가 말린다고 해도 계속 이어질 건 뻔하거든요."

"그래서 일부러 그러신 거예요?"

"내가 틀린 말 한 건 아니기도 한데 일단 내가 나서면 둘이 그나마 관계가 나아질 거거든요. 나를 싫어하면 공동의 적이 생겼으니까 똘똘 뭉칠 테고, 뭐 나를 싫어하지 않는다면 내 말을 신경 쓸 테니 앞으로 조심스럽게 행동하겠죠. 어떻게 됐든 비슷한 결과가 나올 겁니다."

"아······."

"왜요, 내가 생각 없이 있는 줄 알았어요? 내가 참여한 영화가 몇 편인데 이런 경우는 허다하게 봤죠. 저렇게 해 봤자 괜히 힘만 빠지고 서로 감정만 틀어져요. 그게 다 배우들에게 피해가 되는 거고요."

필은 룸미러를 통해 정만을 쳐다봤다. 대화를 알아듣지 못해 멀뚱히 있던 정만은 룸미러로 마주친 필을 보며 어색한 미소를 지었다.

"그리고 정만. 아까 연기는 정말 잘했는데 앞으로는 그렇게 하면 안 돼요."

태진은 의아함에 필을 힐끔 쳐다봤다. 따라 할 수 없을 것 같은 연기였는데 필이 보기에는 부족함이 있는 듯한 말에 관심이 갔다.

"내 얘기 전해 줘요."
"아! 네!"

궁금함에 필의 말을 자신만 알아듣고 있었다. 태진이 정만에게 설명을 해 주자 정만이 눈을 반짝이며 머리를 앞으로 내밀었다.

"그러니까 내 말은, 완전 그 캐릭터가 되면 안 된다는 거예요. 내 정신은 있어야죠."

태진에게 전해 들은 정만은 쉽게 이해하지 못한 표정으로 뭔가 하고 싶은 말이 있는 모양이었다.

"저 선생님, 그런데 배우들 보면 메소드연기를 한다고 그런 말하잖아요……."

"콘스탄틴 스타니슬랍스키가 쓴 배우 수업 읽었어요?"

"네……."

"그럼 내가 말하는 상상력도 알겠네요."

"네?"

"그것도 배우 수업에서 파생된 거예요. 리 스트라스버그라는 사람이 만든 메소드 훈련법의 한 갈래죠. 그 외에도 직접 경험한 걸 바탕으로 하는 훈련법도 있고 그래요. 그런데 그 어떤 걸 봐도 완전 그 캐릭터가 되라는 말은 없어요. 메소드 뜻 자체가 사실주의적인 연기를 끌어내기 위한 훈련법, 연기론이잖아요. 애초에 그 사람이 될 수가 없는 거예요. 최대한 그 사람처럼 흉내를 내는 거지. 내가 정만이 될 수 있나요? 아니면 정만은 내가 될 수 있나요? 없잖아요."

뭔가 알아들은 듯한 정만의 모습에 필은 가볍게 웃으며 말을 이었다.

"그러니까 자신이 상상한 캐릭터를 최대한 흉내를 내되, 자신만의 선이 필요해요. 지금 정만은 그 선을 만들어 놓을 필요가 있어서 이런 말을 하는 거고요. 사실 이런 말을 이렇게 빨리 하게 될 줄은 몰랐지만."

"선이요?"

"어디까지 허용할 건지 정해야죠. 방금처럼 손톱 다 뽑힐 거예요? 그건 연기가 아니죠. 연기는 시늉을 내서 진짜 그렇게 보이는 것. 메소드도 이런 걸 말하는 거예요. 만약에 극중에서 사망하는 배역을 맡는다고 진짜 죽을 건 아니잖아요. 그렇죠?"

"아⋯⋯."

"내가 어느 선까지는 그 캐릭터를 흉내 낼 수 있겠다라는 선이 필요해요. 만약 피가 필요하면 소품으로 분장을 해도 되는 거고, 내가 세밀하게 상상을 하라는 것도 그걸 전부 포함해서 상상을 하라는 거였고요. 무엇보다 잠깐 배우 하고 말 건 아니잖아요. 완벽한 단 한 편만 세상에 남겨 놓기 위해 혼을 갈아 넣겠다는 거면 몰라도. 그리고 그러려면 또 시나리오도 완벽해야 되는 거거든요. 지금도 손톱 들린 거 같은데 다시 유령을 맡더라도 아까의 연기, 똑같이 할 수 있겠어요?"

"아⋯⋯."

정만은 그제야 이해가 되었는지 환하게 웃으며 고개를 끄덕거렸고, 태진도 룸미러로 보이는 그의 표정을 보며 기대가 되었다. 앞으로 더 나은 연기를 보여 줄 것 같은, 그런 기대감이었다.

*　　　　*　　　　*

ETV의 라이브 액팅 메인 PD는 어이가 없었다. 실시간검색어에 정작 오르라는 참가자는 안 오르고 한태진이 올라와 있었다. 처음 실시간검색어에 올라왔을 때만 하더라도 금방 내려갈 줄 알았는데 상위권은 아니더라도 꾸준히 실검을 지키는 중이었다. 대중들에게 공개가 안 된 스태프가 실검에 오르는 것이 신기했다. 그때, 같이 보던 PD가 입을 열었다.

"이 사람 그냥 송곳이네."
"송곳?"
"막아 둬도 뚫고 나오잖아요. 여기저기서 잡아끌고 있는데요?"
"그렇게 대단한 사람인가?"
"일적으로는 몰라도 참가자들 흉내는 기가 막히잖아요."
"아, 그렇지!"

PD는 순간 무언가가 떠올랐다. 한태진에 대한 정보는 자신들이 가장 많이 가지고 있었다. 물론 개인 인적 사항에 대해서는 아니었지만, 대중들에게 보여 줄 수 있는 걸 쥐고 있는 건 라이브 액팅 팀밖에 없을 것이었다.

"강수야, 전에 만들어 놓으란 거 만들었어?"
"아직이죠. 지금 다른 회사 스태프들 인터뷰 따고 있는데요."
"한태진이 거는 있지? 그거 콘텐츠 팀하고 얘기해서 짧게 Y튜브에 공개하자."
"지금요?"
"스태프까지 관심받는 프로그램이 되는 건데 이 기회를 놓치기는 아깝잖아. 일 제대로 한다는 소리 들어야 될 거 아니야. 금방 되지?"
"그렇긴 한데… 다른 회사들이 뭐라고 안 할까요?"
"다는 말고 티저처럼 한 20초만 나오게 해. 그리고 나머지는 5회

나올 때, 그때 공개하면 되잖아."

태진의 이름이 올라온 것을 기회라고 생각한 PD는 기대된다
는 듯한 표정이었다.

제7장

그는 누구인가

정만이 응급실에서 치료를 받는 동안 태진은 필과 함께 응급실 대기실에서 기다리는 중이었다. 병원에 잠깐 온 사이에도 여기저기서 태진을 찾아 댔다.

─형, 이거 형수가 형 얘기한 거 맞지? 진짜 형수 되는 거 아니야?

기사들을 본 막내 태은의 말도 안 되는 메시지는 물론이고 지금도 전화가 걸려 오고 있었다.

"채이주 씨인데 잠시 전화 좀 받을게요."
"그래요."

필이 혼자 있어야 했기에 양해를 구한 뒤 전화를 받았다.

—태진 씨! 실검에 태진 씨 이름 있던 거 알아요?

"네, 아까 봤어요."

—사람들이 그렇게까지 관심 가질 줄은 몰랐어요. 미안해요.

"아니에요. 괜찮아요."

—후… 매니저 팀에서도 뭐 하러 그런 거 올렸냐고 뭐라고 해
서 걱정했거든요.

"정말 괜찮아요. 지금 쉬는 시간이세요?"

—아, 네! 시간이 좀 떠요. 혹시 괜찮으시면 지금 연습 도와
주실 수 있으세요?

"아, 지금은 곤란해요. 병원이거든요."

—병원이요? 왜요? 어디 병원이요? 어디 아픈 거예요? 뭐 하다
가 다쳤는데요? 응급실이에요?

채이주는 한꺼번에 여러 개의 질문을 던졌고, 태진은 천천히
설명하기 시작했다. 설명을 들은 채이주는 왜인지 안도의 한숨
을 뱉으며 말했다.

—후우, 놀랐잖아요. 그래서 정만 씨는 많이 다쳤대요?

"아니요. 손톱 두 개가 들렸는데 혹시 모를 감염 때문에 소독
하고 붕대만 감으면 된다고 했어요. 그래서 연습은 이따 밤에 해
야 될 거 같아요."

—네! 알았어요. 그리고 내일은 오전에 갈게요!

"안 주무시고 오시는 거예요?"

—잠은 이동하면서 자면 돼요. 아무튼 내일 봐요!

통화를 마친 태진은 혼자 있었을 필에게 미안해 서둘러 말을 걸려 했다. 그런데 필이 묘한 표정으로 자신을 보고 있었다.

"왜 그러세요?"

"후후, 그냥 본 거죠. 표정은 화난 거 같은데 목소리는 다정한 게 재밌어서요."

"아……."

"마사지 같은 거 받고 그러나요?"

"아니요. 전에는 받았는데 소용없더라고요."

"그래요."

고개를 돌린 필이 얼굴에 어째서인지 쓸쓸함이 묻어 있었다. 이유가 궁금했지만, 실례가 될 수도 있다는 생각에 입을 다물고 있을 때, 필이 먼저 입을 열었다.

"사실 내 동생이 태진하고 비슷했어요."

"아! 안면마비 그런 거였나요?"

필은 웃으며 고개를 저었다.

"지적장애라고 하죠. 보통 사람들에 비해 배우는 게 좀 느렸죠. 거기에 좀 조현병까지 있었어요. 정신분열증이라고도 하죠? 가뜩이나 받아들이는 게 느린데 조현병까지 있다 보니까 자기가 어떤 감정인지 알지를 못했어요. 지금 생각해 보면 초등학생이 대학교 수업을 듣는 그런 경우가 아닐까 싶더라고요."

"아……."

태진은 그제야 필이 처음 만났을 때 눈빛만 보고 어떤 느낌인지 알아차린 것이나 표정을 짓지 못하더라도 행동으로 알 수 있다는 말이 이해되었다. 필의 동생을 본 적은 없지만, 그런 동생이 있다면 충분히 그럴 수 있겠다는 생각이 들었다. 게다가 아까 사이코패스라는 말에 민감하게 반응했던 이유도 알 것 같았다.

"태진을 보자마자 그런 거 같더라고요. 하고 싶은 표정은 있는데 그걸 표현하지 못하면 얼마나 답답하겠어요."

"아……."

먼저 말을 꺼내기 전에 자신의 마음을 제대로 짚은 말에 태진은 약간 울컥했다. 다른 사람이 들으면 별말 아닌 것처럼 들릴 수 있었지만, 태진은 그동안의 답답함이 싹 가시는 기분마저 들었다.

"동생분도 필 씨가 계셔서 많이 좋아지셨겠어요."

자신의 마음을 알아준 것에 대한 감사의 의미를 담은 말에 필이 갑자기 큰 한숨과 함께 씁쓸한 미소를 지었다.

"죽었어요."

"네? 아……."

"정말 착하게… 죽었죠."

말이 굉장히 이상했다. 착하게 죽었다는 말이 무슨 말인지 곰곰이 생각해도 이해가 되지 않았다.

"조현병이란 게 치료를 받으면 괜찮다지만, 우리 가족이 보기에는 항상 불안했죠. 아무런 표정도 없이 개 목을 조른다거나 그런 모습을 보면 걱정을 할 수밖에 없어요. 그래서 가족 모두가 강제적으로 주입시켰어요. 착하게 살아야 된다, 누굴 때리면 안 된다. 어려운 사람이 있으면 도와줘야 된다. 그런 식으로요. 동생은 그렇게 받아들였고요. 우린 그게 맞는 건지 알았죠."

필은 애써 태연한 척하며 말을 이었다.

"그러다가 어느 날 옆집에 불이 났어요. 주차장에서 시작된 불이 온 집을 뒤덮은, 큰불이었어요. 다행히 옆집 가족들은 무사히 집 밖으로 나왔는데 문제는 2층에 개가 남아 있었던 거예요. 그걸 본 동생이 불이 활활 타는 집으로 뛰어 들어갔어요. 말릴 틈도 없이……."

태연한 척하던 필이 얘기를 할수록 그때 기억이 떠오르는 듯

괴로운 모습을 보였다.

"그리고 개를 안아 들고 나왔어요. 개는 당연히 죽은 상태였고, 동생도 상태가 심각했어요. 털이란 털은 다 탔고, 입고 있던 옷도 늘어붙은 채 소리를 지르며 뛰어나왔죠. 아프고 괴로워서 비명을 지르면서도 마틴의 얼굴은 웃고 있더라고요. 그러고는 곧바로 병원에 실려 갔죠. 전신 화상이 너무 심해 살 가능성이 희박하다고 그러더라고요. 그나마 그게 다행이라고 해야 하는지 신경 말단까지 손상이 돼서 일부 부위는 통증도 못 느낄 정도로 심하다고 들었어요. 이런 경우 진통제를 놓아도 쇼크로 사망하는 경우가 있는데, 오히려 그 때문에 쇼크가 안 온 거라면서 마지막 인사를 하라고 하더라고요. 앞으로 기회가 없을 거라면서."

필의 표정은 이제 거의 죄인처럼 보였다.

"그렇게 마지막 인사를 하러 갔는데 모르핀 때문인지 비명은 지르지 않았어요. 우리 가족은 손도 잡지 못하고 그저 마틴을 지켜봤죠. 그때, 마틴이 반만 남은 입으로 힘겹게 말했죠."

필은 동생의 마지막 모습이 떠오르는지 눈을 질끈 감고 숨을 크게 뱉었다.

"마틴 착해, 나보다 약한 개 도와줘야 해. 잘했어, 마틴. 아픈 거 아니야, 안 아프게 하려고 그러는 거야. 괜찮아."

그 말을 뱉고는 필이 다시 눈을 떴다.

"딱 저 말을 하고 죽었어요. 마지막까지 자기 감정은 하나도 없어요. 얼마나 아프고 무서웠겠어요. 그런데도 그런 걸 하나도 말을 못 했어요. 전부 다 우리가 했던 말. 그렇게 행동했을 때 하던 칭찬들, 그게 전부였어요. 사실 그때는 아무 생각 없이 착하다고, 마틴 착하다고 그랬는데… 한참 뒤에 생각해 보니까 그게 아니더라고요. 얼마나 그걸 주입시켰으면 마지막 말이 그래요. 아무리 병이 있다고 해도 사람인데… 죽을 때까지 자기 감정이 하나도 없었죠."

태진은 필의 마음이 느껴졌다. 약간 다르긴 해도 자신도 비슷한 상황을 겪었다. 그것으로 인해 잘못하지도 않았던 동생 태민이 자책하던 모습을 봤었다. 그런데 필은 사과조차 할 수 없는 상황이니 아마 태민보다 더 힘들 것이었다. 잠깐의 위로로 풀리는 그런 것이 아니었기에 태진은 그저 묵묵히 필의 말에 귀를 기울였다. 그때, 슬픈 표정의 필이 갑자기 태진을 쳐다보며 미소를 지었다.

"한동안 생각을 안 했는데 태진을 보면 자꾸 생각이 나요. 자기 의견을 가지고 살았다면 태진처럼 되지 않았을까 하는 생각이 들거든요. 물론 지적장애가 있으니까 힘들 거란 걸 알지만, 그랬으면 좋겠다 하는 바람이죠."

"그래서 저 챙겨 주신 거군요."

"일부러 챙긴 건 아니고, 그냥 눈길이 가니까요."

필은 눈을 빠르게 깜빡거리며 표정을 바꾸고는 말을 이었다.

"내가 내 얘기 다른 사람한텐 한 건 처음이에요. 이런 얘길 한 건 태진도 자기 감정을 좀 드러냈으면 해서 하는 말이에요. 스스로 포기하지 말고요. 지금 태진은 사람들 시선 걱정도 하고 또 사람들이 태진을 보는 시선에 자신을 맞추려고 하잖아요. 알고 보면 다정다감한데 표정 때문에 일부러 무뚝뚝하게 행동한다거나."

"아."

"그럴 필요 없어요. 그러다 보면 계속 남들 시선에 신경을 쓰면서 그 시선에 맞춰 살아야 해요. 강제적으로. 내 동생이 그랬던 것처럼. 그러지 않았으면 해서 하는 말이에요."

태진은 어떤 말을 하는지 이해를 했다. 말을 한 적은 없지만, 실제로 간단한 웃음만 하더라도 그랬다. 무표정으로 크게 소리 내어 웃는 것이 이상하다는 생각에 사람들 시선을 의식해 입술만 씰룩이는 게 전부였다.

"지금도. 그냥 웃고 싶으면 웃고, 화내고 싶으면 화내요."

그동안 사람들 눈치를 보며 살아왔기에 당장 바뀌진 않을 것이었다. 하지만 가족 이외에 자신의 마음을 이해해 주는 말에 태진은 용기를 얻었다. 그때, 응급실에서 손가락에 붕대를 감은 채 나오는 정만이 보였다.

*　　　　*　　　　*

다음 날. 라온의 이종락은 연신 음원차트의 순위만 쳐다보는 중이었다.

Solo — 한겨울 & E.su of Dazzling

"스탠다드 차트에서도 3위로 올랐어요. 망고에서는 이따 집계 예상 순위가 9위고요."

1위를 한 건 아니었지만, 한국음악콘텐츠산업협회에서 관리하는 음원차트에서 3위에 자리했다. 게다가 가장 많은 가입자가 있다는 망고에서도 10위 안에 안착하게 생겼다. 다즐링 멤버 전부가 참여한 곡은 아니었다. 하지만 다즐링의 은수라는 이름을 걸고 만들어 낸 최고의 성과였다.

게다가 이건 이제 시작일 뿐이었다. 예고로 채이주의 연기를 보며 기대하던 사람들이 완성된 작품에도 호평 일색이었다. 물론 대부분이 채이주 위주의 칭찬이었지만, Y튜브에 올라온 동영상의 조회수만 하더라도 불과 하루 만에 어마어마하게 늘었다. 게다가 많은 양의 Y튜버들이 그 영상을 공유하거나 음원을 공유했다. 수익이 나지 않을 텐데도 너 나 할 것 없이 엄청나게 공유하고 있었다. 그만큼 대중들에게 노출이 될 것이었다. 모든 음원차트에서 1위를 하는 건 시간문제 같았다.

'아, 채이주랑 우리 애들이랑 동시에 꼭대기에 올려놓네. 진짜 난놈이네.'

그때, 직원 한 명이 입을 열었다.

"부장님! 라이브 액팅 채널에 한 팀장님 영상 올라왔어요. 장난 아니에요!"
"한 팀장? 한 팀장이 라이브 액팅에 왜 나와?"
"본방 아니고 Y튜브 채널에만 올린 거 같은데요. 완전 멋있게 나와요."

이종락은 궁금한 마음에 Y튜브에 들어가 직원이 말한 영상을 찾았다.

"범죄자도 아니고 썸네일이 이게 뭐야? 왜 실루엣처럼 해 놓고 한 팀장, 그는 누구인가? 무슨 그것이 알고 싶다야?"
"썸네일은 그런데 내용은 쩔어요. 그런데 왜 화를 내세요?"
"내가? 언제?"
"기분 별로 안 좋으신 거 같은데요?"
"아니야."

이종락은 어째서인지 라이브 액팅의 영상을 본 순간 약간 불쾌해졌다. 나만 알고 싶은 사람이 만인에게 공개되어 버린 그런 느낌이었다. 영상을 클릭해 들어가자 시작부터 장난이 아니었다. 양쪽에 있는 사람들을 전부 흐릿하게 지워 버리고 태진에게만 빛이 나게 만들었다. 본방송을 본 사람이라면 흐릿하게 지워진 사람이 채이주와 로젠 필이라는 걸 알 것이었다. 그런 두 사람까지 지워 가며 태진을 돋보이게 만들었다. 그리고 자막까지 달아 태진의 이미지를 돋보이게 만들어 놓았다.

"카리스마?"
"저렇게 보니까 카리스마 있는 거 같죠?"
"에이, 한 팀장이 카리스마는 아니지. 사람이 무뚝뚝하기는 해도 얼마나 예의 바르고 착한데."

배경은 계속 바뀌었지만, 태진의 표정은 한결같았다. 태진이 무언가를 열심히 말하고 그런 태진의 말을 경청하는 참가자들의 모습까지 나오자 정말 카리스마가 넘치는 사람처럼 보였다. 그래서인지 사람들의 반응도 한결같았다.

—채이주 옆에서 저렇게 있으면 그냥 AI 아니냐?
—카리스마 개쩌네. 애들 잔뜩 쫀 거 봐. ㅋㅋ
—저래서 다즐링이 댕댕이처럼 형, 형 그러면서 살랑거렸고만!
—고개 끄덕일 때 느낌 쌈 오지네.

연예인도 아닌데 사람들이 관심을 보이고 있었다. 이종락으로
하여금 혹시 태진이 원래 이런 사람인데 자신이 잘못 알고 있었
던 건 아닐까 하는 생각마저 들게 만들었다.

"이거 애들이 보면 또 형, 형 그러겠는데?"

*   *   *

MfB의 연습실에 자리한 태진은 참가자들이 어떤 배역을 맡게
되었는지 살폈다. 유령 역은 어제 피를 봐 가며 연기했던 정만이
자리했고, 유령의 라이벌인 라울 역은 플레이스의 세원이 맡게 되
었다. 그리고 여주인공인 크리스틴은 플레이스에서, 또 크리스틴
의 라이벌은 MfB에서 맡았다. 공평하게 역할이 분배되어 있었다.

처음에는 어제 필이 화를 내서 이렇게 된 건가 생각했지만, 참
가자들의 얘기에 의하면 그런 것이 아니었다. 필이 나간 이후에
다툼은 줄어들었지만, 눈에 보이지 않는 싸움은 계속되었다고
했다. 그리고 크리스틴 역을 플레이스에서 가져갔을 때, 곽이정
이 엄청 분해하며 임시 역이니 최선을 다해 역할을 가져오라는
말을 했다고 들었다.

그래서인지 지금도 채이주에게 크리스틴 위주로 교육을 해 달라
는 부탁을 했고, 채이주는 여성 참가자들에게 크리스틴의 모습을
보여 주는 중이었다. 그 모습을 보던 필이 태진에게 입을 말했다.

"진짜 많이 늘었어."

"정만 씨요?"

"아니요, 채이주 씨. 처음에는 상대에 따라 연기가 변했는데 지금은 상대가 누구더라도 어느정도 연기가 나오네요."

태진은 칭찬을 받은 채이주를 보며 가볍게 웃었다. 매일 밤 함께 연습하는데 모를 리가 없었다. 태진이 이 사람, 저 사람 흉내를 내 가며 상대역을 해 준 덕분에 이제는 상대역이 바뀌어도 크게 동요하지 않았다. 지금도 채이주는 꽤 괜찮은 연기를 보여 주고 있었다.

"여기 앞부분의 대본을 보면 크리스틴이 그저 운이 좋아서 유령에게 눈에 띈 사람처럼 나오는데 그렇게 하면 안 돼요. 전 이 뒤에 숨은 의미가 있다고 생각해요. 혹시 아는 사람?"

참가자들은 채이주가 원하는 대답이 아닐 수도 있다는 생각에 선뜻 대답을 하지 못했다.

"대본을 볼 때, 이렇게 전체가 나와 있는 대본은 캐릭터 분석을 하기 굉장히 좋은 대본이에요. 처음부터 끝까지 나와 있으니까요. 앞부분에는 운이 좋다고 하는데 결코 운이 좋아서가 아니에요. 주연이 되고 싶은 마음에 혼자 연습을 하다가 눈에 띄는 거잖아요. 다들 가고 혼자 남아서 연습하는 사람을 운이 좋다고만 볼 수 있을까요? 자기가 기회를 만든 거잖아요."

채이주는 태진을 힐끔 보고선 미소를 짓고는 말을 이었다.

"그리고 뒤에 내용을 봐도 납치를 당하고서도 차분하려고 애
쓰거든요. 보통 사람이라면 그러기 힘들잖아요. 전체를 보면 여
성스럽지만, 의지도 있고 어느 정도 욕심도 있으면서 강단도 있
는 그런 캐릭터 같아요. 그래서 앞부분을 연기할 때도 너무 수
동적으로 연기를 하면 안 될 거 같거든요. 사실 나도 예전에는
장면 장면에 신경을 썼는데 저기 태진 씨가 그러면 안 된다고 알
려 줬어요."

지금은 플레이스 작가들이 준비한 대본으로 연습을 하는 중
이었고, 채이주는 대본을 분석해 참가자들에게 지도를 해 주었
다. 이것만 봐도 채이주가 연기를 대하는 마음이 예전과 달라졌
다는 것이 보였다. 예전이라면 한 장면만 놓고 봤을 채이주가 지
금은 전체를 보고 있었다.

"유령을 처음 봤을 때는 당연히 놀라겠죠? 그런데 한편으로는
호기심도 드는 데다가 아까 말한 것처럼 이 친구가 유약하기만
한 친구가 아니니까 대놓고 물어보는 거죠. 이런 식으로요."

채이주는 정만을 한쪽에 세워 뒀다. 그러고는 혼자 연습을 하
는 모습을 보여 주기 위해 노래를 부르기 시작했다. 노래 실력이
형편없었지만, 갑자기 진지해진 채이주의 표정에 누구도 노래를
듣고 웃지 않았다. 그리고 채이주가 갑자기 여기저기 기웃거렸

다. 아마 인기척을 느낀 모양이었다. 그러고는 또다시 연습을 할 때, 정만을 발견했는지 비명을 지르며 엉덩방아를 찧었다. 잠시 뒤, 팔짱을 낀 두 팔에 얼굴을 파묻는 시늉을 하던 채이주가 고개를 힐끔 들었다. 그러고는 다시 정만이 있는지 확인을 하려는지 이리저리 살폈고, 다시 정만이 있는 걸 보고는 무척 조심스러운 듯 정만을 쳐다봤다. 그러고는 손은 물론이고 목소리까지 떨며 입을 열었다.

"누구세요……? 여기 들어오시면 안 되는데."

채이주는 그 대사를 끝으로 연기를 끝냈다.

"내가 분석한 크리스틴은 이런 식이에요. 어때요?"

참가자들은 말 대신 박수로 대답했다. 다들 채이주의 연기에 매료된 듯했다. 그때, 채이주가 갑자기 누군가를 찾는 듯 이리저리 기웃거렸다. 그러고는 대상을 찾았는지 피식 웃었다. 다들 채이주의 시선에 따라 고개를 돌렸고, 그곳에는 팀원들과 대화를 나누는 곽이정이 있었다. 그리고 채이주는 비밀 얘기라도 하듯 참가자들을 향해 얼굴을 내밀며 입을 열었다.

"그런데 내가 보기에는 꼭 크리스틴이 아니어도 괜찮아요. 내가 보기에는 희애 씨가 맡은 칼롯타가 훨씬 더 매력적인 거 같거든요. 대본도 칼롯타를 매력적이게 만들었어요. 기존 작품들은 자기 역을 빼앗긴 걸 두고 화를 내고 분해하고 또 뒤에서 음모를 꾸미는 그런 역이잖아요. 그런데 여기 대본에는 음모를 꾸미는 것 대신 더 노력하는 것으로 대신해요. 얼마나 멋있어요."

칼롯타를 맡은 희애는 어느새 채이주에게 매료되어 연신 고개만 끄덕거렸다.

"비중은 크리스틴이 더 많지만, 비중이 많다고 좋은 게 아니에요. 영화만 봐도 그렇잖아요. 잠깐 나오고도 관객을 매료시킬 수 있는 배역이 있어요. 내가 보기에는 칼롯타가 딱 그래요."
"저도 그런 거 같아요! 배역을 되찾기 위해 연기 선생님들을 찾아다니는 모습도 매력적이더라고요."
"그렇죠? 작가님들도 일부러 그렇게 쓴 거 같아요. 그동안 주연만 해서 돈도 많으니까 도도함을 유지하면서 돈을 막 쓰는! 요즘 말로 플렉스! 돈은 상관없으니까 최고로 알아봐 줘!"

희애는 활짝 웃는 얼굴로 박수까지 치며 좋아했다. 그러다가 갑자기 걱정되는지 곽이정이 있는 쪽을 힐끔 쳐다보고는 조심스럽게 말했다.

"팀장님이 뭐라고 하지 않을까요?"
"뭐라고 하긴 하겠죠? 그래도 마음에 드는 게 있는데 다른 걸 할 수는 없잖아요. 그리고 지금 크리스틴하고 칼롯타 둘 다 연습하다가는 둘 다 놓칠 수도 있어요. 그러니까 걱정하지 말고 칼롯타에만 집중해요."

채이주는 이번에는 다른 참가자들을 보며 입을 열었다.

"다른 사람들도 마찬가지예요. 자기가 맡은 배역이 마음에 안들 수도 있어요. 그런데 그 배역들의 숨은 매력을 아직 못 봐서 그런 거예요. 사실 조연이 굉장히 중요해요. 극의 흐름을 위해서는 꼭 필요한 게 조연이에요. 그리고 작가의 의도를 관객들에게 전달하는 것도 조연이라고 생각해요. 주연이 무슨 말을 하면 조연이 반응을 하잖아요. 관객들은 그 조연의 반응에 따라 자신들도 같은 감정을 느끼게 되는 거거든요."

"방청객처럼요……?"

"비슷하면서 다르죠. 방청객은 실제 감정을 화면에 담는 거지만, 배우는 대본의 의도대로 직접 연기를 하잖아요. 이게 얼마나 어려운데요. 유명한 조연배우들이 괜히 영화에 많이 참여하는 게 아니에요. 그만큼 전달을 잘해 준다는 거거든요. 그리고 심사 위원들도 그 부분을 누구보다 잘 알고 있을 거예요. 그러니까, 침울해하지 말고 최선을 다했으면 해요."

조연을 맡아 약간 의기소침해져 있는 참가자들까지 신경을 쓰는 모습에 태진은 뿌듯한 마음이 들었다. 그때, 옆에 있던 필이 웃으며 박수 치는 시늉을 했고, 태진은 필이 어떤 걸 말하는지 알아차리고는 나름대로 표현하기 위해 소리를 내어 박수를 쳤다.

그러자 채이주가 처음에는 약간 놀란 듯하더니 이내 기분 좋다는 듯 환한 미소를 지었다. 그때, 플레이스의 감독이 모두를 불러 모았다. 이제 제대로 된 연습이 시작될 시간이었다. 그러자 잠시 시간을 번 채이주가 태진의 옆으로 다가왔다.

"칭찬한 거예요?"
"네, 연기도 그리고 설명도 너무 잘하셔서요."
"와, 뭔가 기분 좋다. 오늘 일찍 가시죠?"
"네? 네, 오늘은 1팀원분들이 계시기로 해서 전 일찍 갈 거 같은데."
"맞죠? 오늘도 칭찬받았으면 좋겠다!"
"네?"
"아니에요."

갑자기 무슨 칭찬을 받았으면 좋겠다는 건지 의아해하던 태진은 조심스럽게 입을 열었다.

"오늘도 잘하셨어요. 그리고 전에도 연기 잘한다고 했는데."
"푸흡, 그냥 한 말이에요. 그리고 진짜인지 아닌지 구분이 돼야죠. 지금은 진짜 같았거든요. 지금은 진짜 잘했어요?"
"네, 진짜 잘하세요."

태진은 다시 조용히 박수를 보내며 진심을 보였다.

"너무 기분 좋다. 촬영장에서 칭찬받을 때보다 더 기분 좋아요."

"아, 촬영장에서도 연기 잘한다고 칭찬받으셨어요?"

"그럼요! 그렇게 연습하고 갔는데. 아! 어제는 Solo 때문에 좀 그러긴 했어요. 드라마보다 Solo에 더 신경 썼다고 스태프들이 장난치더라고요. 아! 그리고 다들 Solo 엄청 좋대요. 작가님한테 태진 씨가 가져온 곡이라고 그러니까 또 놀라시는 거 있죠."

태진도 자신이 추천한 곡이 잘되는 상황이 기분 좋았다. 그때, 채이주가 휴대폰을 꺼내며 말을 이었다.

"아까 아침에 봤을 때는 스탠다드 차트에서 3위였는데 올랐을 거 같은데요? 어? 2위다! 곧 1위 하겠는데요?"

"계속 확인하셨어요?"

"그럼요. 아! 태진 씨 때문에 확인하는 게 아니라 보고 있으면 기분 좋아서요."

자신과 관련된 노래 순위가 오르니 기분이 좋은 모양이었다.

"사람들이 다 칭찬하니까 기분 좋죠. 전부 이 노래는 채이주 뮤비 보면서 봐야 더 좋다고 그러거든요. 예전에는 다 욕이었는데 이제는 대부분이 칭찬이에요."

"아, 그래서 확인하시는 거예요?"

"그럼요! 노래도 확인하고 라이브 액팅에 올라온 영상도 확인하고! Y튜브에 올린 영상 조회수 벌써 500만 넘었어요! 볼래요?"

채이주는 진심으로 기뻐하는 표정으로 휴대폰을 만지작거렸다. 태진이 그런 채이주를 보며 웃을 때, 채이주가 갑자기 눈을 껌뻑이며 태진을 봤다.

"어? 이거 태진 씨 아니에요?"
"네?"
"이거요, 새로 올라온 영상인데… 태진 씨 같아요."

태진은 무슨 말인가 싶어 고개를 갸웃거리고는 채이주의 휴대폰을 쳐다봤다. 그러자 정말 자신으로 보이는 실루엣이 있었다. 실루엣이 비슷한 사람일 수도 있었지만, 제목을 보면 태진을 말하는 게 확신했다.

"한 팀장, 그는 누구인가……?"

태진의 놀란 목소리에 필까지 고개를 내밀었다.

"이거 태진인데?"
"저 맞는 거 같아요……."

일부 Y튜버들이 올린 찌라시 같은 내용이 아니라 라이브 액팅의 정식 채널에 올라온 영상이었다. 태진은 멍하니 썸네일을 쳐다보기만 했다. 그러자 휴대폰을 들고 있던 채이주는 곧바로 재생 버튼을 눌렀다.

"오, 태진. 멋있게 나왔는데?"

"와! 태진 씨, 카리스마!"

마치 전체를 조율하는 듯 멀찍이서 지켜보는 모습에는 '날카로운 매의 눈'이라는 자막까지 달아 놓았고, 눈빛에 칼 모양의 CG까지 넣어 두었다. 아예 작정하고 만든 영상처럼 보였다.

태진은 기분이 묘했다. 전에 스쳐 지나가듯 나왔을 때도 기분이 좋았는데 자신만 나온 영상을 보니 설레는 기분이었다. 작정하고 멋있게 만든 영상이다 보니 태진이 보기에도 영상 속 자신이 멋있어 보였다. 그때, 필이 웃으며 입을 열었다.

"기분이 어때요?"

입술을 씰룩이던 태진은 채이주와 필을 쳐다보고는 만족한다는 의미로 엄지를 치켜세웠다. 그러자 필과 채이주가 동시에 흠칫 놀랐다. 하지만 그것도 잠시 필은 태진의 그런 모습을 보며 박장대소를 하며 웃었다.

"푸하하하. 그래! 엄청 좋은가 본데?"

필의 커다란 웃음소리가 연습실에 울려 퍼졌고, 그 덕분에 연습실에 있던 모든 사람이 필이 있는 쪽에 관심을 보였다. 여기 있는 사람이 아는 건 시간문제였다. 아니, 여기 있는 사람들만이 아니었다. 그러다 보니 여전히 좋고 신기하긴 하지만, 약간의 걱정도 들었다.

*　　　　*　　　　*

태진이 생각한 대로 연습실에 있는 모든 사람들이 알아 버렸다. 신기한 마음에 모두에게 알려 준 채이주 덕분이기는 했지만, 라이브 액팅 채널에 올라온 이상 알게 되는 건 시간문제였다. 영상을 본 사람들은 다들 신기해하며 태진에게 한마디씩 건넸고, 그중에는 곽이정까지 있었다.

"참, 매번 새로운 모습을 보는군요. 잘했어요."

웬일로 기분 좋은 표정으로 생각지도 못한 칭찬까지 했다. 다만 이곳에 있는 사람들 중에 한 사람만 표정이 일그러져 있었다. 바로 이창진이었다. 이창진은 태진에게 말을 걸기는커녕 쳐다보지도 않은 채였다. 그때, 플레이스의 직원이 신기하단 표정으로 말했다.

"이야, 팀장님 제가 얘기했었죠? 저 연습실에 가 있을 때 한 팀장이 애들 흉내 내는 거 기가 막혔다고! 이게 그거예요! 이거 나온 거 보면 그 영상도 메이킹처럼 해서 곧 나오겠는데요?"
"좋아요?"
"네?"

"좋냐고요. 아, 진짜 왜 저 사람만 끼면 변수가 생기는 거야. 어우, 스트레스. 우리는 뭐 없나."

"저희도 인터뷰하긴 했는데."

"알죠! 나도 했는데! 그거 해서 한 팀장처럼 이렇게 나올 수 있겠어요? 없죠?"

"그렇죠… 그래서 인터뷰할 때 계약서 얘기하면서 초상권에 대해서 말했던 거구나."

"아오, ETV 놈들도 진짜 너무하네! 왜 MfB만 밀어줘! 지금도 채이주 얘기만 해서 머리 깨지겠는데. 우리는 왜 저런 사람이 없는 거야!"

채이주에 이어 스태프로 참여하는 태진까지 주목을 받을 수 있는 상황이었다. 주도권을 가져오기 위해 스타 작가 김정연과 신품별 주연인 배진성까지 참여시켰는데 태진이 끼어들면서 뭔가 부족한 느낌이 들었다. 게다가 채이주의 SNS에서 김정연이 태진을 언급한 상태였다. 만약 방송에 김정연과 태진이 함께 있는 모습이라도 나오면 오히려 태진에게 힘을 실어 주는 꼴이 되어 버릴 것 같았다. 그러다 보니 마냥 웃고 떠들 수 있는 상황이 아니었다.

한편, 태진은 사람들의 관심이 약간 부담스러워졌다. 영상에 자신이 나오는 걸 봤을 땐 신기하고 뭔가 부끄러우면서도 기분이 좋았는데 막상 관심을 보이자 겁이 생기기 시작했다. 모두가 좋게 보진 않을 것이었고, 여기 있는 사람들 중에도 그런 사람들이 있었다.

"스타 다 됐네요?"

MfB 캐스팅 에이전트 1팀의 팀원들 중 일부가 아직까지 기분이 풀리지 않았는지 비꼬는 듯 말을 걸었다. 자신과 아는 사람들 중에도 이런 반응을 보이는 사람이 있는데 안면이 없는 사람들이 어떤 반응을 할까 싶은 생각에 덜컥 겁이 났다. 그동안 채이주의 악플을 너무 많이 본 탓도 한몫했다. 그때, 이창진이 박수를 치며 입을 열었다.

"자! 그만, 그만! 연습들 해야죠! 나중에 얘기하고 지금은 연습합시다!"

이창진의 시기 어린 질투 덕분에 태진은 사람들의 관심에서 벗어날 수 있었다. 그러고는 혼자 조용히 영상에 올라온 댓글들을 확인하기 위해 다시 영상을 찾아 들어갔다

'아, 스타들이 댓글 볼 때 이런 기분이겠구나.'

댓글이 뭐라고 가슴이 쿵쾅거릴 정도로 긴장되었다. 태진은 숨을 크게 들이마신 뒤 댓글을 읽었다.

—이 사람 누구임? 갑툭튀 머임?
—누구냐?
—한 팀장이라고 얼마 전에 실겸에 있던 사람임.

―범죄자임?

　사람 마음이 간사하다고 걱정할 땐 언제고 전혀 몰라주자 머쓱하면서 약간은 서운한 마음도 들었다. 그러던 중 어떤 사람이 채이주와 다즐링을 언급하며 태진에 대해 설명했다. 그러자 전부는 아니더라도 아는 사람들이 생기기 시작했다. 그리고 그들은 대부분 채이주와 다즐링 팬이거나 MfB의 참가자들을 응원하는 사람들이었다.

　―아! 우리 링이들 형이셨네! 우리 링이들 챙겨 주셔서 감사합니다!
　―하도 한 팀장 한 팀장 그래서 어떤 사람인가 궁금했는데 ETV 일 잘하네 ㅋㅋ
　―그래서 본영상은 언제?

　미디어에 노출된 게 처음이어서 그런지 댓글도 그다지 많지는 않았고, 악플도 보이진 않았다. 긴장이 풀린 태진이 안도의 숨을 뱉었다. 그때, 막내 태은에게서 전화가 왔다. 지금 이 시간에 연락이 올 리가 없었기에 아마도 영상을 본 모양이었다. 태진은 참가자들을 힐끔 쳐다본 뒤 구석으로 가서 통화 버튼을 눌렀다.

　"한태은, 학교 가서 공부 안 하고 휴대폰 봐?"
　―형! 한 팀장, 큰형!
　"무슨 한 팀장 큰형이야."

예상대로 영상을 본 모양이었다. 형 이름을 팀장이라고 부르는 태은의 말에 태진은 입술을 씰룩거리며 웃었다.

―형이 한 팀장 맞잖아. 맞지! 큰형이 한 팀장 맞지! 맞다니까, 이 새끼들이!

아마 친구들과 영상을 보게 됐고, 확인을 시켜 주고 싶은 모양이었다.

―응, 다음 구라.
―뭔 구라야! 진짜 우리 큰형이라니까?
―응, 하나도 안 닮은 모르는 큰형.
―난 엄마 닮아서 그런다니까! 형들은 아빠 닮았고!

친구들이 믿지 않는 모양이었다. 태진은 답답해하는 태은을 상상하며 웃고는 입을 열었다.

"라이브 액팅에 올라온 영상 말하는 거야?"
―그래! 그거! 내가 형이랑 형… 아니, 이주 누나 때문에 입을 다물고 있었거든! 그런데 형만 나오길래 얘기했는데 안 믿잖아! 형 맞다고 한번 해 줘!
"하하, 그거 형 맞아."
―들었지? 들었지? 이 새끼, 못 들은 척하는 거 봐! 큰형 다시

말해 줘! 이 새끼 귀 막고 있었어!

"형, 맞아. 태은이 형 맞아요."

태은 덕분에 긴장이 완전히 풀려 자신도 모르게 크게 웃었다.

"진짜 태은이 형 맞아요. 큰형이에요."

—진짠가?

—혹시 아팠던 형이에요?

—이 새끼는! 그런 말을 뭐 하러 해!

뒤에서 태은의 목소리도 들렸지만, 멀어지는 소리로 보아 친구들에게 밀려난 듯 싶었다.

"맞아요. 지금은 건강하고요."

—알죠! 태은이네 집에 가서 놀자고 그러면 맨날 큰형 쉬어야 된다고 안 된다고 했거든요.

"아."

—진짜 한 팀장이 형 맞죠?

태진은 순간 울컥했다. 별거 아닌 것처럼 스쳐 지나간 말이었지만, 태은의 생활에도 자신이 들어가 있었다. 그러고 보니 어렸을 때도 친구들하고 노는 걸 본 적이 없었다. 항상 학교 끝나면 바로 집으로 왔고, 그걸 지금까지 당연하게 받아들였다. 고마움과 미안함이 느껴졌다. 동시에 가족에게 사랑받고 있다는 걸 다시 한번 느낀 태진은 부드러운 목소리로 입을 열었다.

"정말 태은이 형 맞아요. 나중에 집에 놀러 와요. 맛있는 거 사 줄게요."

─정말인가 봐!

그와 동시에 사방팔방에서 태진에게 하는 말이 들렸다.

─안녕하세요! 형 진짜 채이주랑 친해요? 채이주 사인 좀!

─사인은 받아서 뭐 하려고!

─제 이름 종학인데 제 이름 넣은 영상 한 번만 찍어 주심 안 돼요? '종학아 공부 열심히 해'라고요!

"하하, 그런데 지금 수업 시간 아니에요?"

─지금 쉬는 시간이요!

"그럼 수업 준비 안 해요?"

─네? 저희들 태은이 친군데요? 그것도 베프들인데요.

대답이 이상하긴 했지만, 충분히 이해가 되는 대답이었다. 그 뒤로도 마치 팬 미팅을 하는 기분으로 통화가 이어졌고, 몇 명이나 모여 있는 건지 여기저기서 외치는 소리 때문에 시장 바닥에 와 있는 기분이었다. 물론 친구들의 부탁을 들어줄 순 없었지만, 그래도 성격 좋은 태은에게 친구들이 많다는 생각에 기분 좋은 미소가 생겼다. 그때, 태은의 목소리가 들렸다.

—내놔! 아오! 처맞기 전에 내놔! 큰형, 고마워.

"아니야. 정신없는 게 딱 친구들 같은데?"

—저것들하고? 말이 심하네.

"하하하. 대단해."

—내가 좀 그래. 근데 형, 다즐링하고 엄청 친해?

"다즐링? 다즐링은 왜?"

—다즐링이 형 얘기 또 했길래. 아까 애들하고 겜 공략 보려는데 형아 이름 있더라고.

"어? 게임 공략에 내 이름이 왜 있어?"

—아니, 그게 아니라, 내가 저번에 다즐링 SNS에 올라온 형 얘기 봤었거든? 좀 닥쳐 봐! 아무튼 인터넷 창에 보이길래 그냥 열어 봤는데 형 사진이 있더라고.

산만한 통에 무슨 얘기인지 도통 알아들을 수가 없었다. 대략 조합해 보면 게임 정보를 얻기 위해 인터넷 창을 열었고, 수많은 팝업창들 중에 다즐링의 SNS가 보였다는 소리 같았다. 그걸 왜 클릭했는지는 모르겠지만, 거기서 자신을 봤다는 얘기 같았다.

—그래서 내가 우리 형이라고 그랬더니 저 지랄들인 거야. 아, 좀! 안 되겠다. 형 이따 전화할게. 아니다, 이따가 집에서 봐. 집에 늦게 오지?

"아, 그래. 알았어."

—늦게 오냐니까 알았대. 일찍 와. 엄빠가 맨날 형아 무리한다고 걱정이야.

태진은 다즐링의 SNS에 사진이 올라왔다는 말에 급하게 통화를 마쳤다. 그러고는 곧바로 다즐링의 SNS에 들어갔다.

"아……."

다즐링의 SNS 메인에 자신들의 사진이 아닌 태진의 사진이 걸려 있었다.

―태진이 형 카리스마 쩜. 덕분에 음원사이트 첫 1위!
#한 팀장#카리스마#Solo#첫 1위#한겨울#라액 꿀잼

테이블에 팔을 올린 채 한곳을 응시하는 사진이었다. 정확히는 영상을 캡처한 것이었다. 확인을 마친 태진은 급하게 실검을 확인했다. 이번에는 다행히 실검에 오르진 않았다. 대신 실검에 익숙한 이름이 눈에 들어왔다.

5. 채이주.
6. 배진성

이제는 툭하면 실검에 오르고 있었다. 그리고 그 위에는 익숙한 드라마 이름이 보였다.

1. 신을 품은 별 첫방

"아!"

날짜를 확인해 보니 채이주가 출연한 신을 품은 별의 첫방이 오늘이었다. 그와 동시에 아까 채이주가 했던 말이 떠올랐다.

'오늘도 칭찬받았으면 좋겠다가 내가 아니라 사람들한테 한 말이었구나.'

태진은 고개를 돌려 채이주를 봤다. 첫 방송 날짜를 듣긴 했는데 너무 일이 많다 보니 오늘이 그날이라는 걸 잊고 있었다. 사람들한테 얘기할 법도 한데 내색을 안 하다 보니 다들 모르는 눈치였다. 실검에 오른 이상 곧 알게 되겠지만.

아마도 참가자들의 연습에 방해가 될 수도 있다는 생각에 말을 안 한 듯싶었다. 태진이 대신 얘기를 해 주고 싶었지만 지금은 연습 중이었다. 그런 사람들에게 다짜고짜 신품별 첫방이라고 말을 꺼내는 것도 그림이 이상했다. 게다가 이창진이 태진에게 쏠린 관심을 돌리려 한 것을 알기에 더더욱 말하기가 어려웠다.

태진은 참가자들의 연습을 지켜보며 말을 꺼낼 타이밍을 재고 있었다. 역할이 정해진 참가자들은 정식 대본을 받고 연습을 시작했다. 이제 대본을 받은 상태였기에 연습이 부족해 다들 어색한 연기를 펼치는 중이었다. 하지만 팬텀을 맡은 정만만은 단연 돋보였다. 태진이 했던 걸 넘어 이제는 자신만의 연기로 소화시키는 중이었다.

말할 타이밍을 재고 있던 것도 잊게 만드는 섬뜩한 연기였다. 태진이 그런 정만을 물끄러미 쳐다볼 때, 정만이 갑자기 태진을 쳐다봤다. 그러고는 방금 전 섬뜩한 연기를 한 사람이 맞는지 의심이 될 정도로 순박한 표정으로 입을 열었다.

"형, 오늘 일찍 가시죠?"
"네. 오늘은 일찍 갈 거 같아요."

일찍이라고 해 봤자 정시 퇴근이었다. 정만은 아쉽다는 표정으로 고개를 끄덕거렸고, 태진은 할 말이 있는 것 같은 정만의 모습을 보며 물었다.

"왜요?"
"아! 캐릭터 분석하는 거 도움 좀 받으려고요……."

1팀원이 기분 나쁠 수 있는 말이었지만, 다들 태진이 한 연기를 봤기에 그 말을 걸고넘어지는 사람은 없었다. 다만 모처럼 정시 퇴근을 하려 한 태진은 자신이 맡고 있는 참가자의 부탁을 모른 체할 수가 없었기에 고민이 되었다.

'신품별도 봐야 되는… 아.'

태진은 갑자기 정만을 쳐다봤다. 그러고는 평소와 같은 표정으로 입을 열었다.

"도와줄게요."

"정말요! 형, 감사합니다! 정말 감사해요."

"그런데 9시부터 10시 반까지는 안 될 거 같은데."

"네? 아… 괜찮아요. 형이 옆에 있는 거만으로도 든든하거든요."

태진이 생각하던 대답이 아니었다. 그 시간에는 왜 안 되냐고 물어야 자연스럽게 얘기가 나올 텐데 정만은 전혀 궁금해하지 않았다. 그러다 보니 태진은 대화 없이 정만을 쳐다보기만 했다. 그때, 다행히 오늘 담당하기로 한 1팀원이 말했다.

"약속 있으면 들어가세요."

약간 자존심이 상했는지 태진이 없어도 된다는 듯 툴툴거리는 말투였지만, 태진은 크게 개의치 않았다. 지금은 그저 저 말에서 어떻게 자연스럽게 신품별을 끌어낼지 생각하느라 바빴다.

"약속은 아니에요. 어디 가는 것도 아니고 딱 9시부터 10시 반까지만 안 된다는 거예요."

"그게 뭔 소리예요. 뭐 드라마라도 보려고 그러나. 드라마 볼 거면 다시보기로 봐요."

"신품별 첫방이라서요."

다행히 성공적으로 말을 꺼낸 것 같았다. 그제야 이유를 안 사람들이 전부 채이주를 봤고, 태진도 채이주를 쳐다봤다. 그러자 요상한 표정을 하고 있는 그녀가 보였다. 웃음을 숨기려는지 입술을 안으로 만 채 고개를 살짝 기울이며 좋아하고 있었다.

제8장

—

채이주의 첫방

MfB의 연습실에 남은 태진은 정만의 열정에 맞춰 주느라 살짝 지쳐 있었다. 오히려 정만이 연기한 것보다 자신이 더 많이 한 느낌이었다. 그래도 지치긴 했지만 정만의 연기는 힘든 것도 잊게 만들었다. 이제는 처음 봤을 때의 모습이 상상이 가지 않을 만큼 완전 다른 사람이 되어 있었다.

"와, 잘하네요. 점점 사이코패스처럼 보이는 거 같아요."
"형에 비하면 아직 많이 부족하죠. 형은 진짜 사이코패스같아요."

서로 사이코패스 같다는 이상한 대화임에도 다른 참가자들은 부러워하는 듯 보였다. 그리고 정만의 말에 동의하며 다들 태진을 인정했다. 아마도 가면이 큰 역할을 한 듯했다. 가면을 쓰고 있다 보니 표정을 대신해 세밀한 표현이 필요했고, 그런 표현을 잘하는 배우를 따라 한 덕분에 다들 좋게 본 모양이었다. 가면을 벗고 표정을 본다면 아마 몰입하지 못했을 것이었다.

'가면 덕분에 인정도 받네.'

태진이 가면을 보며 속으로 웃을 때, 연습실 문이 열리며 필이 들어왔다. 갑자기 말없이 나갔던 필의 양손에 엄청나게 커다란 비닐봉지가 각각 들려 있었고, 그것도 부족해 처음 보는 사람의 양손에도 비닐봉지가 들려 있었다.

"자! 열기 좀 식힐 겸 이거 먹고 합시다. 저분 것도 좀 받아 주세요."

태진과 연습실에 남아 있던 플레이스 직원이 서둘러 필에게서 짐을 받았다. 그리고 처음 보는 사람의 짐까지 받아 들자 손이 가벼워진 필이 휴대폰을 보여 주었다.

"아! 저야말로 감사합니다! 언제든지 이용해 주세요!"

그 사람은 저 말을 끝으로 돌아갔고, 짐을 받아 든 태진이 필에게 물었다.

"엄청 무거운데 뭐 사 오신 거예요?"

"네, 팥빙수라는데 어제 먹어 봤더니 맛있길래 사 왔죠. 너무 많아서 사장님이 도와준 거예요."

"아. 그래서 나가셨구나. 저한테 말씀하셔도 되는데."

"통역 어플 있어서 문제없어요."

연습실에 있는 사람 수에 맞춰 사 왔는지 모두의 앞에 팥빙수가 놓여 있었다. 게다가 다이어트 하는 참가자들을 배려해서인지 토핑까지 따로 담아 왔다. 맛은 달라지겠지만, 필의 배려 덕분에 누구 하나 멀뚱히 구경하는 사람이 없었다. 참 섬세한 사람이었다. 그때, 필이 고갯짓으로 팥빙수를 가리키며 태진에게 말했다.

"시간 딱 맞춰 왔죠?"

"네?"

"채이주 씨 나올 시간이잖아요."

"아, 네."

"이거 먹는 동안이라도 편하게 봐요."

안 그래도 어떻게 드라마를 봐야 하나 걱정을 하던 중이었다. 미리 시간을 얘기하긴 했지만, 다들 연습하는데 혼자 드라마를 보기가 그랬기에 차에서 볼까도 생각했다. 하지만 필 덕분에 잠깐이라도 마음 편하게 볼 수 있을 것 같았다. 그때, 필이 웃으며 자리에서 일어나더니 연습실에 놓인 TV를 켰다. 그러고는 사람들을 향해 말했다.

"팥빙수 먹는 동안만이라도 다 같이 보죠. 다른 사람 연기를 보는 것도 공부니까!"

필의 말을 알아들은 참가자들은 잠깐 생긴 여유가 기쁜지 다들 좋아하며 환영했다. 태진도 덕분에 작은 휴대폰 화면이 아닌 TV 화면으로 볼 수 있게 되어 기뻤다.

'이런 것까지 배려해 주시고.'

태진은 고마운 마음에 필에게 가볍게 고개를 숙여 인사했고, 필은 피식 웃는 것으로 인사를 받아들였다. 그때, 한 참가자가 입을 열었다.

"와! 타이밍 제대로네. 딱 시작하는데요."

참가자의 말처럼 광고가 끝나고 곧바로 드라마가 시작되는 중이었다. 굉장히 웅장한 배경음과 함께 CG로 만든 것 같은 배경이 보였다. 나무들이 우거진 숲 가운데 공터에 사람들이 모여 있었고, 하늘에 떠 있는 원반 같은 것에 앉아 있는 세 사람들이 보였다. 공터에 서 있는 사람들의 외모는 한복을 입고 있는 사람, 정장을 입고 있는 사람, 엄청 화려한 옷을 입고 있는 사람 등 다양했다. 그런 사람들을 함께 둔 건 아마 여러 평행 세계가 있다는 것을 보여 주려고 그렇게 배치를 한 듯 보였다. 그리고 그들의 가운데에는 배진성이 있었고, 주위로 떠도는 드론 같은 것들이 배진성을 구속하고 있었다. 그중 중년 배우가 배진성을 향해 말했다.

"7차원 담당관 오하준, 업무 태만으로 차원이 뒤틀리게 만든 점 인정하는가?"
"인정합니다."
"그로 인해 인간들에게 혼란을 야기시킨 점 또한 인정하는가?"
"인정합니다."

덤덤한 배진성의 표정이 못마땅한지 상대가 표정을 찡그렸다.

"그대는 지금 상황이 어떤지 자각하지 못하는 것인가?"
"알고 있습니다."
"허허, 뻔뻔한지고. 그대의 표정이 지금 상황과 맞는다고 생각하는가?"

그때, 다른 쪽에 있던 배우가 배진성을 대신해 입을 열었다.

"표정이 무슨 상관이라고 그걸 걸고넘어지실까. 뭐, 아이고 죄송합니다, 죄송합니다, 이러면서 무릎이라도 꿇고 사정해야 되나요?"

"지금 그걸 말이라고! 차원을 엉키게 만든 게 말이 된다고 생각하는 건가?"

"손가락질하지 마! 잘라 버릴라!"

"뭐이? 오 신 당신, 말 다 했는가?"

"뭐이? 반말도 하지 마! 차원 설계하니까 당신이 내 위 같아? 맨날 앉아서 펜대만 굴리니까 관리가 얼마나 빡신지를 모르지!"

"저, 저, 저!"

"왜, 병 신님이라고 딱딱 불러 줄까요? 지금 7차원에서 병 신이 뭘 의미하는지부터 알려 줘야겠네!"

딱 봐도 파벌이 나뉘어져 있었고, 서로 사이가 좋지 않은 모습을 보여 주고 있었다. 부분적으로나마 대본을 봤던 태진은 어떻게 파벌이 나뉘어져 있는지 대충 알 것 같았다. 그때, 옆에서 보고 있던 필이 전혀 이해가 안 되는지 뚫어져라 화면을 보는 모습이 보였다.

"아! 저게 동양에서 십간십이지란 게 있거든요. 그걸로 신을 만든 것 같아요. 로마의 제우스 같은 신인 거 같아요."

"아하, 음. 그래요. 나 괜찮으니까 편하게 봐요."

"대사들 알아들으세요?"

"모르죠. 그래도 어떤 연기를 하는지는 느낌이 오니까."

태진은 웃으며 다시 화면을 봤다. 화면에는 배진성을 감싸 주는 파벌에 속한 한 배우가 잡혔다. 태진도 잘 알고 있는 노년 배우로 이창일과 비슷한 경력을 가진 박훈정이었다. 박훈정이 자리에서 일어나더니 상대 파벌을 향해 고개를 숙였다.

"내 불찰입니다. 차원을 담당하는 관리자가 해선 안 될 실수를 했다는 점 인정합니다."

"자 신님!"

"그만하게들. 하준이도 인정하지 않았는가. 지금 이 자리는 하준이의 처벌을 논하는 자리이니 나서지들 말게나."

숙이고 들어오는 모습에 상대 파벌은 팔짱을 낀 채 의기양양한 표정을 짓고 있었다. 그와 동시에 미리 준비해 온 처벌을 말하기 시작했다.

"자 신 속하의 7차원 담당관 오하준. 나태한 업무 태도로 인해 차원에 혼란을 준 점, 그리고 반성하지 않는 점을 고려해 육십갑자간 연하지옥의 형을 처한다."

그와 동시에 한쪽에 있는 다섯 명이 잡혔고, 그사이에서 익숙한 얼굴이 보였다. 바로 자신이 섭외했던 이정훈이었다. 이정훈은 배진성에게 내려진 형이 어이가 없다는 듯 코웃음을 뱉더니 급하게 박훈정에게 갔다. 그러고는 박훈정에게 무언가를 보여주었고, 그 자료를 본 박훈정은 온화한 미소를 지었다. 그러고는 이번에는 앉은 채로 입을 열었다.

"육십갑자의 형은 너무 과하군요."

"지금 자 신께서는 방금 하신 말을 잊으신 모양입니다?"

"허허, 알고 있습니다. 하나 과거에도 이와 비슷한 경우가 있었던 걸 제가 잊고 있었습니다. 차원 설계가 잘못되어 비슷한 일이 생겼던 거, 다들 기억하실 겁니다."

상대 파벌들의 인상이 순식간이 찡그려졌다. 하지만 그것도 잠시, 코웃음을 치며 말했다.

"그래서 그 담당자에게 벌을 내리지 않았습니까? 아예 간지에서 쫓아내는 벌을 내린 건 잊으신 모양입니다. 오하준도 그동안의 성과를 참작해서 내린 벌인데 아예 쫓아내길 원하시는 겁니까?"

"그런 게 아닙니다. 다만 그때와 같은 기회를 주어야 한다는 점이죠. 그때도 차원 설계 실수로 인해 일부 인간들에게 주어져선 안 될 능력이 주어졌었죠. 그리고 담당자가 직접 그걸 회수했고요."

"전부를 회수 못 했으니 쫓겨난 거 아닙니까."

"그렇죠. 다만 하준이에게도 같은 기회가 주어져야 한다는 걸 말씀드리는 겁니다."

십간의 파벌은 못마땅한 표정으로 서로의 얼굴을 쳐다봤다. 그때, 상대 파벌의 수장으로 보이는 사람의 얼굴이 잡혔다.

"그렇게 하시죠."

"너그러이 허락해 주셔서 감사합니다."

"공평해야죠. 그럼 그때와 공평하게 처리 기간도 1년을 드리죠. 그리고 오하준과 오하준의 수하로만 이 일을 처리해야 됩니다. 그때와 같이."

그때, 아까 화를 내던 오 신이 조심스럽게 나섰다.

"그럼 하준이 애들 다 복귀하는 건가요?"

"그건 아니죠."

"네? 그럼 말이 안 되죠. 지금 하준이 애들 여기저기 나뉘었는데! 고작 5명에서 뭘 하라는 겁니까!"

"지금 그 인원들도 자기들 자리에 적응을 마친 상태랍니다."

"그건 애들한테 직접 물어봐야죠."

"그럼 물어보시죠."

물어볼 필요도 없었다. 기존 하준의 부하들이었던 사람들 중 다섯 명을 제외하고는 다들 고개를 돌리고 있었다. 그때, 박훈정이 오 신을 말리며 미소를 지었다. 그동안 봐 온 오하준의 능력이라면 불가능하진 않을 것 같았다. 그때, 상대 파벌의 수장이 의미심장한 미소를 지으며 말했다.

"그럼 오하준의 처벌은 여기서 마무리하고 전에 말씀드린 걸 논의해 봅시다. 지금 포화 상태인 5차원 문제로 인해 십간에서는 새로운 차원을 설계하기로 결정했습니다. 십이지에서 그에 맞는 인원을 차출해 주서야 합니다. 각 차원별로 3명 정도가 적당하겠군요. 물론 오하준이 속한 7—1팀에서도 차출해 주서야 합니다."

십이지의 신들과 오하준의 수하들이 반발하여 나서려 할 때, 침묵으로 일관하던 오하준이 입을 열었다.

"그것만으로도 충분합니다. 감사합니다."

오하준은 박훈정을 향해 미소를 지으며 고개를 끄덕거렸다. 그러고는 부하들에게도 걱정 말라는 듯 평온한 표정으로 쳐다본 뒤 상대 파벌인 십간의 신들을 쳐다봤다. 그러고는 지금까지 충분히 예의를 지켰다는 듯 입을 열었다.

"그럼 한시가 부족해서 이만 물러나 보겠습니다."

그 말과 동시에 오하준의 눈에 파란빛이 맴돌더니 주위에 떠도는 드론들이 동시에 터져 나갔다. 지금까지가 배진성의 등장 신이었다.

'아, 잘 나왔다. 작가님 대단하시구나.'

예전 배진성을 섭외해 달라는 의뢰 때 느꼈듯이 배역이 찰떡

이었다. 김정연 작가가 배진성의 저런 모습을 알고서 쓴 것 같다는 생각이 들 정도였다. 아마 배진성에게 있어서 오하준 역은 인생 역이 될 것이었다.

"와, 진성 쌤 포스가 장난 아니네… 저번에 봤을 때하고 다른 사람 같다."
"진짜. 그때는 그냥 친절하기만 했는데 지금은 완전 다르네. 이런 게 배우구나!"

배진성이 플레이스 소속이다 보니 이창진이 라액에 힘을 주기 위해 일일 지도로 초청한 적이 있었다. 그 덕분인지 플레이스 참가자들과 그때 플레이스에 있던 MfB 참가자들이 무척 신기해하며 반가워하는 모습이었다.

"저 배우, 연기에 오로라가 있는데?"

필마저도 배진성을 칭찬하자 태진은 약간 걱정이 되었다. 배진성과 달리 채이주는 중간에 들어갔다. 김정연이 채이주를 염두에 두고 대본을 썼을 리가 없었다. 그러다 보니 직접 채이주와 함께 연습을 했음에도 불구하고 불안한 마음이 들었다. 그때, 채이주가 등장했다. 채이주의 등장 신은 태진도 익히 알고 있는 장면이었다. 바로 오디션 때 연기했던 그 장면이었다.

*   *   *

채이주의 연기를 보는 사람들의 반응은 배진성과는 달랐다. 배진성의 연기를 볼 땐 분위기에 감탄을 했지만, 채이주의 연기를 볼 때는 훨씬 드라마에 몰입을 하는 듯 보였다. 그도 그럴 것이 배진성의 등장 신은 주인공에게 집중시켜 주목시키고 있는 상태였고, 채이주의 등장 신은 채이주에 대한 주목보다는 스토리가 진행이 되고 있는 상태다 보니 더 몰입할 수밖에 없었다.

거기에 채이주의 연기까지 더해져 보는 사람을 때로는 긴장하게 만들었고, 때로는 안도하게 만들었다. 그중 백미는 빌 러셀이 등장해 채이주와 마주치는 장면이었다.

"놔요! 뭐 하는 거예요! 어? 어? 미친놈인가 봐! 어우, 씨! 야이! 미친 새끼야!"

"아, 참 입이 거치네. 잠깐이면 된다니까."

"어? 어? 이 새끼, 한국말도 알아! 수상해!"

그 장면을 본 참가자들은 동시에 소리까지 내어 가며 웃었고, 태진의 입술도 씰룩거렸다. 채이주가 처한 상황과 표정이 자연스럽게 웃음을 자아내게 만들었다. 연기만 놓고 보면 영상통화로 연습을 할 때와 비슷했지만, 빌 러셀의 표정과 촬영 기술이 더해져 훨씬 재미있게 만들어졌다.

"우리 쌤한테 저런 모습이 있었구나. 크크."

"내 말이! 욕 엄청 잘하네."

지금까지 나온 드라마에선 볼 수 없는 연기 덕분에 반응이 무척 긍정적이었다. 아마 이 장면은 많은 사람들에게 회자가 될 것이었다. Solo에서 보여 준 비련의 여주인공 같은 모습으로 사람들의 관심을 받은 상황에서 지금 같은 웃음을 자아내는 연기까지 보여 줬기에 연기력 또한 충분히 인정을 받을 수 있을 것 같았다. 배우로서의 채이주의 전성기가 시작될 것이었다.

그 장면 덕분인지 이젠 채이주가 등장할 때마다 뭘 할지 기대가 되었고, 그녀는 그 기대에 걸맞은 연기를 보여 주었다. 병원에 찾아온 대사관 직원과 정말 총에 맞았다고 싸울 때도 큰 웃음을 만들어 냈다.

"진짜라니까요! 두두두 빵빵! 막 그랬다니까요. 그리고 우리 과장님이 총에 맞았다고요! 배에! 아까까지만 해도 으아아악! 그랬다니까요!"

"하아, 이봐요. 총 맞은 사람이 어떻게 저러고 있어요. 병원에서도 말도 안 된다고 했잖아요. 그냥 피가 튀었는데 놀라서 착각한 거 아니에요?"

"아니라니까요! 내 손에서 갑자기 빛이 위이이잉! 이렇게! 아! 답답해! 진짜 빵빵 소리 나고 총 맞아서 으악 하고 그랬는데!"

채이주는 총 쏘는 흉내까지 내 가며 열연을 펼쳤다. 연습한 걸 제대로 녹여 내어 완전 다른 사람처럼 보였다. 예전에 필이 메소드에 대해 말했을 때처럼 배역을 상상하고 그 배역을 흉내 내려고 노력한 결과였고, 결과는 무척이나 훌륭했다. 김정연 작가의 작품답게 드라마 내용도 재미있었기에 시청률도 높을 것이었다. 그렇다는 건 채이주의 연기를 볼 사람들이 많아진다는 뜻도 되었다.

'오늘 난리 나겠네.'

*　　　　*　　　　*

새벽이 되어서야 집에 왔지만, 가족들 모두가 나와 태진을 기다리고 있었다. 아마 라이브 액팅에 올라온 영상을 본 듯했다. 부모님은 기뻐하면서도 매일 늦게 퇴근하는 태진이 걱정되는 눈빛이었다. 하지만 태진의 선택을 존중해 일에 대해서 얘기를 하기보다는 건강을 생각하라는 말이 전부였다. 새벽이다 보니 그 말을 끝으로 방에 들어가셨고, 태민은 글을 쓰는 중이라며 인사를 한 뒤 방에 들어갔다. 그러다 보니 막내 태은만이 남아 있게 되었다.

"큰형, 아까 고마워."
"뭘? 아, 전화?"
"또라이들이 안 믿잖아."
"내 얘기는 없고, 다 채이주 씨 얘기만 하던데? 네가 우리 형 채이주랑 친하다, 막 그런 얘기 한 거 아니야?"

"크크크, 형이 스타는 아니잖아. 아! 큰형, 신품별 봤어? 일하느라 못 봤지?"

"너 게임만 하지 드라마는 안 보잖아."

"형수 나온다는데 봐야지!"

태은이 어떤 평가를 내릴지 궁금했기에 입을 다물고 있었다. 그러자 태은이 실실 웃으며 입을 열었다.

"큰형 나중에 잡혀 살 거 같더라."

"뭔 소리야?"

"형수 장난 아님. 욕 엄청 찰져, 크크. 딱 내 스타일이야. 강한 여성! 형수라서 내가 포기하는 거지."

"너, 어디 가서 그런 얘기 하지 마."

"장난한 거지. 나도 바보는 아니거든?"

"바보 같아서 하는 말이야. 아무튼 재밌었어?"

"어, 완전 재미있던데? 그런데 왜 주 1회야? 그게 좀 짜증 나."

시간이 나면 게임만 하는 태은에게도 재미있다는 말을 들었다. 아무래도 김정연 작가의 이번 작품도 성공을 할 것 같았다. 그때, 문득 낮에 태은의 친구들이 했던 말이 떠올랐다. 태진은 태은을 물끄러미 쳐다봤다.

"너, 게임 안 해?"

"형도 이제 자야 되잖아. 안 잘 거야?"

"아, 나 와서 못 하는 거야?"

"그렇지. 작은 형은 24시간 컴퓨터 쓰니까 큰형 방에서밖에 못 하잖아. 안 자? 안 잘 거면 한 판 해도 돼?"

태진은 태은의 말에 입술을 씰룩이고는 태은의 머리를 쓰다듬었다.

"뭐 하는 거야. 오글거리게."

"다 컸네."

"내가 원래 형보다… 아… 나도 키는 아빠 닮았어야 했는데."

태진은 가볍게 웃고는 다시 태은을 쳐다봤다.

"태은아, 그런데 예전에 형 아팠을 때 형 때문에 친구들하고 안 놀고 집에 왔었어?"

"뭘 그런 걸 얘기해. 아까 애들이 그냥 한 말이야."

"형은 몰랐어. 원래 그렇게 집에 오는 건 줄 알았어."

"됐거든! 갑자기 왜 이런대. 그리고 애들이랑 놀아도 겜방 가는데 난 집에서 하면 되니까 그런 거지. 작은형 때문에 못 할 때 있긴 했지만!"

"그래서 매일 게임했던 거야?"

"왜 이런대 진짜! 게임하지 말라고 이러는 건 아니지? 치사하게!"

고맙다는 말을 듣는 게 멋쩍었는지 장난치며 말을 돌렸다. 태진은 그런 태은을 보며 웃었다.

"이번 달 월급 들어오면 너 컴퓨터 사 줄게."

"뭐? 나 왜?"

"그냥 형이 사 주고 싶어서 그래."

"형 월급 엄청 많이 받아? 지금 코인 때문에 그래픽카드 개비싸."

"그래?"

"난 형 컴퓨터로 쓰면 되니까 그거보다 일찍이나 들어와. 엄마랑 아빠가 형아 걱정해. 아니면 낮에 아빠랑 엄마한테 전화라도 해 주든가. 아빠 알지? 얼마나 자랑하고 싶어 하는데."

"무슨 자랑을 해."

"회사 사람들한테 자랑하고 싶은가 보지. 아까도 나한테 형아 오면 사진 찍자 그러라고 얼마나 그랬는데. 나처럼 회사에서 안 믿나? 크크."

"그러셨어?"

"엄마는 그냥 대놓고 칭찬하지 어디 가서 자랑하진 않지. 그냥 형아 일 잘하나 궁금해하는 거 같고. 말은 맨날 잘할 거라고 하면서도 걱정 엄청 해. 특히 인터넷에 요즘 형 얘기 나오잖아. 그때마다 아주 사색이 돼."

태진은 전혀 몰랐던 얘기였다.

"형 예전에 MfB 가서 한 달쯤 됐을 때, 그때 이상한 기사 나왔잖아. 형수 앞에서 팔짱 끼고 있는 거. 그때 안 좋게 기사 나와서 그렇지. 오해라고 다 해결됐어도 그런 일이 있었는데 당연히 걱정되지 안 되겠어? 부모 마음이 다 그런 거야."

"그래. 그렇겠네."

어른 흉내를 내는 태은의 모습에 태진은 가볍게 웃고는 부모님이 들어가신 방문을 쳐다봤다. 그러고 보니 너무 바쁜 나머지 월급을 타고도 선물 하나 못 사 드린 것이 떠올랐다. 생각은 했지만, 도통 시간이 나질 않았다. 태진은 미안한 마음에 뒷목을 쓰다듬으며 방문을 물끄러미 쳐다봤다.

"그런데 형 요즘 이상하네."

"왜?"

"내 머리를 쓰다듬질 않나. 자기 머리를 쓰다듬질 않나. 뭐 머리에 꽂혔어?"

"하하하. 아니야."

"아니기는. 형 아침에도 밥 먹고 엄마한테 따봉 날리고 갔다며. 엄마가 하루 종일 그 얘기 하던데."

"왜? 좋아하서?"

"좋아했지. 안 하던 짓 한다고 걱정하긴 했는데 그래도 나하고 작은형한테 어묵볶음이 그렇게 맛있냐고 백번 물어본 걸 보면 엄청 좋아했지."

필에게 배운 대로 나름대로 감정 표현을 해 봤는데 어머니가 기뻐했다는 말에 태진마저도 기분이 좋아졌다. 그때, 태은이 피식 웃으며 말했다.

"그런데 형아 따봉 한번 해 봐."
"따봉? 이거?"
"뭐야, 별거 없고만. 엄마가 큰형 따봉 각도가 예술이라고 엄청 칭찬해서 뭐 다른 거 있나 했네. 그리고 기왕 따봉 할 거면 맛있는 거 해 줬을 때 따봉 해. 막 치킨 같은 거 시켜 먹고 그럴 때 해. 아니다, 그럼 엄마가 직접 치킨 만들 거 같네."

태진은 피식 웃고는 또 태은의 머리를 쓰다듬었다.

"잠이나 자."
"안 잔다며. 나 게임하면 안 돼?"

*   *   *

다음 날. 태진의 예상대로 신품별이 어마어마한 이슈를 몰고 왔다. 고작 1화 방송이 나갔을 뿐인데도 대중들의 관심이 엄청나게 쏟아졌다. 물론 일부 평론가들은 예상이 되는 뻔한 판타지 로맨스를 배우들의 케미로 진행해 나가는 김정연 작가식 드라마라고 평했다. 김정연 작가를 비하하긴 했지만, 그만큼 주연들의 연기가 발군이라는 평가이기도 했다. 그리고 시청자들도 그것을 알아봤다. 그래서인지 기자들은 시청자들의 욕구를 채워 주기라도 하려는 듯 너 나 할 것 없이 신품별에 대한 기사나 출연진에 대한 기사를 올리고 있었다.

오늘도 촬영장에서 곧바로 온 채이주 역시 자신의 기사를 살펴보는 중이었다. 아직 참가자들이 오기 전이었기에 쉴 만도 한데 쏟아지는 관심에 잠이 오지 않는 듯했다.

"와, 이건 좋아해야 되는 건지… 아닌 건지… 교묘하게 써 놨네. 태진 씨, 이거 봤어요?"

태진은 이미 본 기사였다. 예전 채이주의 연기를 언급하며 180도 달라졌다는 기사였다.

"달라진 연기력에 기대를 한다면서, 어? 마지막엔 또 끝까지 봐야 알 것 같다는 말은 뭐죠? 무슨 발 연기를 기대한다는 말 같잖아!"

"하하. 끝까지 잘하라는 응원일 수도 있잖아요."

"그런가요……? 그럴 수도 있네."

"발 연기라는 말은 없잖아요. 대부분 연기력에 놀랐다는 기사들이니까 그런 식으로 말하려고 한 걸 거예요."

"역시 태진 씨가 말하면 그런 거 같아요. 하긴 우리 엄마도 이번에는 말이 없더라고요."

"어머니요?"

"원래 드라마 보면 제 연기 보고 지적하고 그러거든요. 그런데 어제는 어쩐 일로 딸 너무 재밌다고 그러셨어요. 그래서 재밌긴 한가 보다 싶었죠. 얼마나 참견을 하는지… 아, 엄마 욕하는 건 아니고요! 그런데 태진 씨는 알아서 잘하니까 부모님이 참견 안 하시죠?"

태진은 부모님 얘기에 어제 태은과 했던 대화가 떠올랐다. 태진은 잠시 고민되긴 했지만, 지금 참가자들도 없거니와 앞으로 채이주와 둘이 있을 시간이 없을 수도 있다는 생각에 용기를 내어 입을 열었다.

"저, 부모님께 보여 드리려고 그러는데 저하고 사진 한번 찍어 주실 수 있어요?"
"사진이요? 에이! 무슨 사진을 찍어요."
"아, 그렇죠. 아니에요."

매일 카메라 앞에 서는 배우들은 쉴 때는 카메라를 기피한다는 말이 떠올랐다. 태진은 멋쩍긴 해도 실례였다는 걸 깨닫고 입을 다물 때, 채이주가 웃으면서 말했다.

"내가 태진 씨한테 받은 도움이 얼만데 사진으로 되겠어요? 휴대폰 줘 봐요."
"네?"
"어머님? 아버님? 지금 같이 계세요?"

태진은 설마 하는 마음에 대답도 잊고 있었다. 그러자 채이주가 다시 웃고는 말했다.

"영상통화라도 해야죠!"
"영상통화요?"
"그게 이상해요? 우리 매일 하는 건데? 난 괜찮으니까 전화나 걸어 봐요."

태진은 순간 곽이정이 빙의한 것처럼 혹시 이 일로 인해 채이주에게 불이익이 생기진 않을까 이리저리 생각했다. 하지만 딱히 채이주에게 그런 일이 생길 것 같진 같았기에 먼저 아버지에게 전화를 걸었다.

─우리 큰아들! 이게 무슨 일이야! 왜 갑자기 영상통화야?

태은에게 듣던 대로 자랑을 하고 싶었는지 통화 중에도 이리저리 고개를 돌려 직원들에게 자랑을 하려 했다.

"그냥 전화 해 봤어요."

예전 침대에 누워 있을 때는 아버지와 자주 했던 영상통화였다. 그런데 꽤 오랜만인 데다가 옆에 채이주까지 있다 보니 굉장히 어색했다. 그때, 채이주가 태진의 옆으로 다가왔다.

"안녕하세요. 아버님!"

─어? 아, 네. 아들 오늘 일 간 거 아니야? 친구 만났어?

아버지는 채이주를 모르는 건지 아니면 통화를 하게 될 거라 생각조차 못 해서 알아보지 못한 건지, 채이주를 태진의 친구라고 생각하고 있었다.

제9장
—

친분 자랑

태진이 먼저 나서서 채이주를 소개하려 할 때, 채이주가 태진을 살짝 밀며 웃었다. 그러고는 환하게 미소 지으며 말했다.

"저 한 팀장님하고 같이 일하는 배우 채이주라고 해요."
―아, 우리 한 팀장 동료… 어? 맞네!

이제야 알아봤는지 아버지는 엄청 반가워하는 표정이었다. 그러고는 평소보다 높은 톤으로 말했다.

"당연히 알죠, 암요! 채이주 알죠!"

딱 봐도 주변에서 관심을 보인 모양인지 사람들의 반응을 살피느라고 휴대폰에는 아버지의 얼굴이 반만 나오고 있었다. 직원들이 관심을 보였는지 아버지는 일부러 자리를 옮겼다.

—어, 그래, 한 팀장. 지금 일하는 중이야? 하하하, 아빠도 팀장이고 아들도 팀장이고, 우리 팀장 부자네! 그래서 채이주 씨하고 같이 일하는 중인 거야?

한참 들떠서 아버지도 뭔 소리를 하고 있는 건지 모르는 듯했다. 그때, 아버지 휴대폰을 본 직원이 하는 말이 들렸다.

—어! 정말 채이주예요!

그 말과 동시에 아버지의 휴대폰에는 사람들의 얼굴로 가득 차 버렸다.

"그냥 한 팀장님이 전화하시길래 옆에 있다가 인사드리려고 한 거예요."
—아! 그래요. 반가워요! 채이주 씨 드라마 잘 보고 있어요! 너무 재밌더라고요.
"감사합니다. 다 팀장님이 많이 도와주셔서 그래요. 제가 다음에 꼭 식사 대접할게요."
—아닙니다! 우리 한 팀장하고 일하시는 분인데 제가 대접해야죠.
"바쁘신데 제가 실례한 건 아닌지 모르겠네요."

태진은 웃으며 채이주를 힐끔 봤다. 예의 바르고 아버지에게 살갑게 구는 모습이 색달랐다. 얼굴도 예쁜데 마음까지 예뻤다. 그런 채이주의 모습을 보니 자신도 모르게 미소가 지어질 때, 연습실 문이 열리며 참가자들이 들어오기 시작했다. 참가자들은 미리 와 있는 태진과 채이주에게 인사를 하기 시작했고, 태진은 통화를 마치기 위해 서둘러 입을 열었다.

"아버지, 저 지금 일해야 돼서 이따가 전화드릴게요."

―아, 그래. 그래. 우리 한 팀장 바쁘지. 원래 찾아 줄 때 일하는 거지. 채. 이. 주. 씨하고 일 잘하고. 집에서 보자고.

"아버님, 다음에 뵐게요."

―하하하, 그래요. 그래.

짧은 통화임에도 엄청 좋아하는 아버지의 얼굴을 보자 전화하길 잘했다는 생각이 들었다. 태진은 흔쾌히 도와준 채이주에게 감사를 전했다.

"감사해요."

"감사는요. 그냥 인사드린 건데요."

"제가 취직해서 좀 자랑하고 싶어 하셨나 봐요."

"취직이요? 아! 우리 회사… 어? 그동안 백수였어요?"

"음, 그렇… 죠?"

"그래서 그렇게 좋아하셨구나. 근데 그게 아니더라도 자식 잘

되면 자랑하더라고요. 우리 엄마도 매일 이모들이랑 친구들한테 자랑하느라 바빠요. 예전에는 하도 자랑하니까 자주 싸우고 그랬어요. 그런 거 있잖아요. 자랑 너무 하다 보면 좀 꼴 보기 싫어서 툭툭 한마디 하는 거. 아마 네 딸 발 연기라더라 그랬겠죠. 뭐."

채이주는 민망한 미소를 짓더니 태진을 한번 쳐다봤다.

"그래도 이번에는 그런 얘기 안 들을 거 같아서 자랑해도 될 거 같아요."

예전과 완전 다른 연기를 펼쳤기에 앞으로 발 연기라는 말을 듣진 않을 것이었다. 비록 예전 작품들이 남아 있어 당장은 아니더라도 발 연기 타이틀을 떼는 건 시간문제였다. 태진이 채이주에게 그런 말을 해 주려 할 때, 참가자들이 쭈뼛거리며 이쪽을 쳐다봤다. 그러고는 플레이스, MfB 참가자들 모두가 채이주의 앞으로 다가왔다.

"저, 쌤! 신품별 너무 재밌었어요!"
"정말요, 연기 진짜 잘하세요!"

채이주는 참가자들의 칭찬을 여유롭게 받으며 미소 지었다.

"하라는 연습은 안 하고! 드라마 봤어요? 탈락해도 내 탓 하기 없기?"

"아! 어제 한 팀장님하고 필 쌤이 보자고 해서 다 같이 봤어요!"

중간 내용을 건너뛰고 말했지만 사실이었기에 태진은 입을 다물었다. 그러자 채이주가 기분 좋은 미소를 지으며 새침하게 팔꿈치로 태진의 팔을 툭 쳤다. 그때, 플레이스 참가자 한 명이 입을 열었다.

"그런데 쌤! 연습 시작하기 전에 사진 한번 찍어 주심 안 돼요?"
"갑자기요? 매일 봤는데?"
"아… 자랑하려고요……. 이번 미션 끝나면 못 볼 거 같아서요."
"왜요? 탈락하기로 마음먹었어요? 그게 아니면 스튜디오에서 보고 그럴 텐데?"
"아! 그렇네!"
"농담이에요. 이리 와요. 그런데 사진은 자랑해도 되는데 연습이나 미션에 관한 내용 올리면 계약 위반으로 탈락하는 거 알죠?"

채이주는 기분 좋은 표정으로 참가자들을 들었다 났다를 반복했다. 사진을 찍는 와중에도 연신 미소를 유지했고, 모든 참가자들과 사진을 찍고 나서도 미소를 짓고 있었다.

"쉬셔야 하는데. 제가 괜히 붙잡고 있어서 죄송해요."
"에이! 사진 찍는 게 뭐 대수예요. 오히려 내가 더 고마운데요."

채이주는 태진을 보며 씨익 웃더니 말을 이었다.

"연예인 채이주랑 찍자는 게 아니라 배우 채이주랑 찍자는 거처럼 들리더라고요. 흐흐."

채이주의 행복해하는 미소에 태진도 덩달아 입술을 씰룩거렸다.

*　　　　*　　　　*

며칠 뒤, MfB의 한국 지사를 책임지고 있는 부사장 조셉은 보고받은 내용을 보며 웃음이 나왔다. 이렇다 할 성과를 내는 보고에는 꼭 태진이 끼어 있었다.

"전부 이 사람 얘기밖에 없군. 후훗."

임시로 지원 팀을 만들었을 때만 하더라도 사실 큰 기대는 없었다. 채이주가 신을 품은 별의 주연에 캐스팅되게 만들었다는 점과 MfB와 밀접한 라온에서 태진을 찾기에 당분간 지켜볼 심산으로 지원 팀을 꾸리게 허락했다. 그런데 예상보다 큰 성과가 곧바로 나타나고 있었다.

"Solo가 모든 음원차트 1위고, 채이주 얘기는 하루도 빠짐없이 올라오고 있군."

한국 MfB에서 엔터테인먼트 사업을 시범적으로 겸하고 있었고, 그 첫 타자가 채이주였다. 사실 채이주를 영입한 이유도 MfB가 생각하고 있는 적당한 선에 위치해 있었기 때문이었다. 만약 연기가 안 되더라도 CF 모델로 전향시키면 회사에서 손해 보지는 않을 거란 계산이었다. 그런데 지금은 채이주의 위상이 달라지고 있었다. 앞으로 채이주로 얻을 수익은 예상치를 뛰어넘을 것이 틀림없었다. 덤으로 태진까지 사람들에게 관심을 받고 있었다.

"확실히 스타 에이전트가 있는 게 좋지."

알려진 만큼 사람들에게 다가가는 것이 쉬워진다. TV 매체에 나온 이상 믿음이 가는 사람이란 걸 전제로 깔고 시작할 수 있는 장점이 있었다. 그만큼 자기 관리를 철저하게 해서 이미지를 유지해야 하는 점이 힘들겠지만 에이전트에게 그건 큰 무기가 될 수 있었다.

"여기서 뭐 한 가지만 더 터뜨려 주면 아무도 반발 못 할 거 같은데."

조셉은 태블릿 PC를 보며 스케줄을 확인했다.

"당장 다음 주면 아무래도 그사이에 뭔가를 보여 주긴 힘들겠지. 음, 정식으로 지원 팀을 승인해야 하는 건가……."

태진만 놓고 보면 분명 MfB에서 붙잡아야 할 인재였다. 하지만 다른 팀장들의 반발이 있을 수도 있었다. 태진과 다른 팀장들을 같은 선상에 놓고 저울질을 한다면 아직까지는 다른 팀장들 쪽으로 기울고 있었다. 그렇다고 지원 팀을 없애는 것도 문제였다. 태진이 이뤄 낸 성과에 대한 보상을 해야 할 판에 도로 지원 팀을 없애겠다고 하면 그가 다른 회사로 옮길 수도 있었다.

"잡아야는 하겠는데. 시간이 너무 짧았나."

회의를 미뤄 볼까 생각도 했지만, 태진이 언제 또 성과를 낼지 알 수 없는 상황이었다. 조셉은 고민이 가득한 표정으로 태블릿 PC 화면만 쳐다봤다.

*   *   *

라이브 액팅의 방송 날. 아직 연습 중이었기에 참가자들이 함께 방송을 보기 위해 기다리고 있었다. 태진도 필과 함께 뒤쪽에 자리를 잡은 상태였다. 그때, 태진의 휴대폰이 울렸다. 모르는 번호였지만, 직업 특성상 무시할 순 없었기에 서둘러 전화를 받았다.

"네, 여보세요."
―한 팀장님?

"네, 저 한태진입니다."

—저 라이브 액팅 차연정 작가예요.

라이브 액팅의 작가가 왜 전화를 한 건지 의아해할 때, 상대방이 입을 열었다.

—저희가 미리 말씀을 드려야 했는데, 좀 늦었어요.

"어떤 일로 그러세요?"

—한 팀장, 그는 누구인가 있잖아요. 그 영상으로 연락드렸어요. 저희가 미리 고지를 해 드렸어야 했는데 죄송해요.

"아! 아닙니다."

—계약 보면 초상권 쓸 수는 있는데 그래도 말씀을 드려야 할 거 같아서요. 그리고 오늘도 방송 나가고 바로 Y튜브에 업로드 될 거예요. 두 편으로 나뉘어서 올라올 거고 한 팀장님은 다음 주에 올라올 거예요. 한 팀장님이 흉내 낸 거 있죠? 그거 나갈 거예요.

"아, 그거요."

—괜찮으시죠? 다른 회사분들도 다들 허락하셨거든요.

얼마 전에 영상이 올라간 이후로도 삶에 큰 변화는 없었다. 게다가 다른 회사들 직원들도 허락했다는데 거절하기도 애매한 상황이었다.

"네, 알겠습니다."

—감사해요. 그럼 또 연락드릴게요! 수고하세요.

통화를 마치자 필이 궁금하다는 표정으로 쳐다봤다.

"얼마 전에 저 올라온 영상 있잖아요. 그거 또 올라온다네요."
"카리스마?"
"네, 그거요."
"하하, 그러면 안 되는데 난 그게 더 기대되는데요?"
"오늘 아니고 다음 주에 나온대요."

태진은 가볍게 웃으며 고개를 돌렸다. 그러자 잔뜩 긴장한 모습들의 참가자들이 보였다. 비록 등밖에 보이지 않지만, 풍기는 분위기가 연습할 때와는 달랐다. 자신들이 어떻게 나올지, 또 방송이 나간 뒤 대중들에게 어떤 평가를 받게 될지, 미리 걱정을 하는 모습들이었다. 매번 방송을 볼 때마다 같은 모습이었다. 그러는 사이 방송이 시작되었다.

이번에는 태진과는 관계가 없는 영상이었지만, MfB와는 관계가 있었다. 곽이정이 이끄는 MfB참가자와 바나나엔터의 참가자들이 만든 캠페인으로 시작되었다. 여느 때처럼 연습 과정부터 화면에 나오고 있었다. 그때, 필이 재밌다는 표정으로 입을 열었다.

"저 사람."
"저분이요?"

"나중에 CF 감독을 캐스팅할 일이 있으면 저 사람으로 해요."

"저분이 누구… 아! 김한겸이라는 분이 저분이에요?"

"이름은 잘 기억 안 나는데 그런 거 같았네요. 김 프로라고 하던데."

"맞나 봐요. 아, 저분이구나."

여기저기서 김한겸에 대해서 칭찬을 하다 보니 관심이 갔다. 하지만 방송에서는 유능한 CF 감독이라는 소개를 끝으로 별다른 모습이 잡히지 않았다. 참가자들이 꾸미는 방송이어서인지 참가자들의 연기에 초점을 두고 있었다. 하지만 그러는 와중에도 채이주는 빼놓지 않고 비추었다.

"다 스킵했네. 저 사람, 연기도 잘 아는 거 같더군요. 표정이나 손동작 등 하나하나 다 잡아 주는데, 나보다 더 깐깐해요. 자기가 원하는 손동작이 나올 때까지 촬영하더군요. 그만큼 영상은 잘 나왔고. 처음에 시나리오 보더니 싹 바꾸면 안 되냐면서 자기가 바꿔 오겠다고 그러더군요. 그래서 제작진하고 엄청 부딪혔어요."

잠시 뒤, 필이 칭찬한 영상이 나오기 시작했다. 이미 스튜디오 촬영 때 통역을 하며 봤던 영상이었다. 주제는 폭력 근절이었다. 캠페인을 주위에서 흔히 일어나는 일에 대한 걸로 해야 하다 보니 주제 자체가 신선하긴 어려웠다. 사실 태진이 만들었던 주제 역시 신선한 주제는 아니었다. 태진은 스튜디오 촬영 때 묻지 못했던 것을 필에게 물었다.

"주제는 누구 의견이에요?"

"주제는 애들이 다 같이 짰죠."

"시나리오도요?"

필은 고갯짓으로 한쪽을 가리켰다.

"시나리오는 저 사람 의견이 대부분이었고."

필이 가리킨 곳에는 곽이정이 서 있었다. 태진의 팀에서도 태진의 의견이 대부분이었기에 딱히 뭐라고 할 순 없었지만, 곽이정이라면 그런 의견을 내놓을 수 있겠다는 생각이 들었다.

제10장
—
19왜

캠페인을 보는 태진은 감탄과 동시에 약간의 걱정이 되었다. 곽이정이 내놓은 의견답게 굉장히 인상적이었다. 다만 선을 넘어 조금 극단적으로 느껴지기도 했다. 스튜디오에서도 느꼈던 것인데 TV로 보니 훨씬 크게 느껴지고 있었다.

처음은 교복을 입은 참가자가 나와 같은 반 친구에게 돈을 갈취하며 폭력을 행하는 것으로 시작되었다. 그리고 곧바로 화면이 전환되며 대학생으로 바뀌었고, 후배들에게 기합을 주는 모습으로 연결되었다. 그다음은 한 가정을 꾸린 장면이 나왔고, 아내와 아이에게까지 폭력을 행사하는 장면이 나왔다. 마지막으로 노인 분장을 한 참가자가 나와 폭력을 일삼은 배우를 꾸짖는 장면이 나왔다. 그러자 폭력을 한 참가자가 울부짖듯 소리 질렀다.

"다 당신한테 배운 거 아니야!"

그러자 상대 참가자의 손이 올라갔고, 그대로 따귀를 때려 버렸다.

짝!

그러자 맞은 참가자가 상대방을 쳐다보며 피식 웃었다.

"여전하네요."

짧은 대사였음에도 많은 의미가 담겨 있었다. 그리고 화면이 점점 멀어지면서 어린아이로 보이는 그림자가 그 모습을 지켜보는 장면이 나왔고, 방금 전에 봤던 모습을 따라 하는 듯 그림자의 팔이 올라가는 장면을 끝으로 캠페인이 마무리되었다.

영상을 보고 무언가를 느끼기 전에 찜찜한 마음이 먼저 생기는 캠페인이었다. 그만큼 머릿속에 각인이 될 것이고, 사람들 입에 많이 회자될 수 있을 것 같았다.

"후우."

무거운 마음을 떨쳐 내려 뱉은 한숨에 필이 웃으며 말했다.

"스릴러 같죠? 저 음악 때문에 더 그렇게 들려요. 아무튼 지금 봐도 연기에 비해 촬영 기술이 너무 뛰어나네. 그렇죠?"

태진도 참가자들의 연기를 보며 생각했던 것이었다. 분명 참가자들의 연기가 그리 뛰어난 연기가 아니었는데 적재적소에 카메라의 줌인아웃이나 포커스 변경을 통해 화면에 몰입하게 만들었다. 그래서인지 참가자들이 한 연기에 비해 영상이 너무 좋게 담겨 있었다. 만약에 참가자들이 아닌 진짜 배우들이 연기를 했다면 상당히 유명한 캠페인이 될 것 같았다.

'괜히 유명한 사람이 아니구나.'

태진이 감탄하는 사이 화면에는 심사 위원들이 나오고 있었고, 저마다 평가를 내려놓았다. 이번에는 팀이 뒤섞인 탓에 두 팀을 제외한 나머지 심사 위원들이 평가를 내놓았다. 확실히 경험들이 많아서인지 보는 눈들이 정확했다. 일반인들이라면 마냥 좋게 봤을 연기도 지적을 했다. 그리고 칭찬이라고는 대부분 촬영 장소로 사용된 배경이나 소품 활용 및 촬영에 관한 얘기가 대부분이었다.

이미 스튜디오 촬영을 해서 평가를 알고 있던 필은 웃으며 말했다.

"저 촬영 장소들도 김한겸 그 사람이 섭외 다 한 거고, 소품도 다 C AD에서 준비한 거 알아요?"

"그랬어요?"

"기가 막히더군요. 내가 상상했던 대로 가져오는 게."

필은 진심으로 감탄하는 중이었다. 확실히 김한겸이라는 광고 AE의 이름이 태진의 머릿속에 각인되었다.

첫 번째의 영상이 끝나자 두 번째로 태진이 맡았던 MfB와 플레이스 참가자들이 만든 캠페인이 공개되었다. 앞에서 폭력을 주제로 했던 어두웠던 분위기와 상반된 분위기의 캠페인이었다.

"지금 보니 정만의 연기가 굉장히 섬세해요."
"그래요?"
"저기 세원? 그때는 저 사람만 눈에 들어왔는데 지금 보니 정만의 연기가 일품이군요. 세원이 지적을 할 때마다 표정이 조금씩 달라요. 처음에는 약간 편안하게 받아들이는 것처럼 보였는데 지적이 계속되자 차츰차츰 우울해지는 느낌으로 변하는데 사실 그게 굉장히 어렵거든요. 같은 느낌을 천천히 좀 더 깊게 표현하는 게 대단한데요?"

심사 위원들의 평도 앞서 봤던 캠페인과는 달랐다. 앞에서는 참가자들에 대한 칭찬이 없었지만, 지금의 캠페인은 대부분 참가자들의 연기에 대한 칭찬이었다.

"일단 시나리오가 굉장히 섬세하네요. 등장인물들 간의 연결 고리가 끊임없이 이어지면서 보는 사람도 몰입이 끊기지 않게 만드는군요. 거기에 참가자들의 연기도 좋았어요. 주변에서 흔히 볼 수 있는 그런 캐릭터이기는 한데 그래서 더 집중이 됐던 거 같아요."

"저도요. 특히 정만 씨의 경우 진짜 상사한테 깨지는 직장인 같았거든요. 그 외에도 윤중 씨하고 희애 씨도 좋았고요. 원래 저런 사소한 걸로 다투거든요. 설마 진짜 다툰 건 아니죠?"

지금 연습실에도 MfB와 플레이스가 모여 있다 보니 칭찬을 받은 참가자들이 자리하고 있었다. 다들 칭찬받은 걸 축하한다는 듯 참가자들에게 미소를 보이며 박수를 보냈지만, 곽이정은 달랐다. 칭찬이 계속될수록 그의 표정이 점점 일그러졌다. 태진은 그런 곽이정을 물끄러미 쳐다봤다.

'다 같은 MfB 소속인데… 참, 진짜 좀생이었네.'

마치 자기가 칭찬을 못 받았다고 어린아이처럼 투정부리는 것으로 보였다. 누구에게 인정을 받고 칭찬을 받아야만 직성이 풀리는 듯했다. 태진이 다시 고개를 돌려 화면을 쳐다볼 때, 태진의 휴대폰이 울렸다.

'이분은 왜 또, 아……'

전화를 걸어 온 사람은 다름 아닌 라온의 이종락 부장이었다. 아마 라이브 액팅을 잘 봤다고 연락을 한 듯싶었다. 태진은 방해가 되지 않기 위해 조용히 연습실 밖으로 나왔다.

"네, 부장님."

―하하하, 오랜만입니다!

"아, 네. 오랜만이네요."

―자주 연락하고 싶은데 일하시는 데 방해될까 봐 오랜만에 연락드린 거니까 섭섭하게 생각하지 마세요.

"아니에요. 괜찮아요. 그런데 무슨 일로 연락 주셨어요?"

―네? 무슨… 일이라니요.

이종락의 목소리에서 당황함과 서운함이 느껴졌다. 빨리 통화를 마치고 들어갈 생각에 너무 직접적으로 물어본 듯했다. 이종락도 언젠가 필요할 수도 있는 인맥이라는 생각에 태진은 서둘러 입을 열었다.

"아, 제가 바쁘거든요. 라이브 액팅 보시고 연락 주셨죠?"

―아! 그러시구나. 봤죠! 당연히 봤죠! 우리 은수 1위 만들어 준 프로그램인데 당연히 보고 있죠. 라액이라도 보면서 긴장 풀어야죠.

뭐 때문에 긴장이 된다는 건지 궁금했다. 그렇다고 단도직입적으로 물어보면 섭섭할 수도 있겠다는 생각이 들었다.

'이 부장님이 나한테 전화해서 긴장된다고 할 얘기가 뭐가… 아.'

생각해 보니 이종락과의 접점이 있다는 걸 깨달았다. 여러 가지가 있었지만, Solo는 이미 나왔기에 남은 건 '왜'뿐이었다.

"왜 오늘 음원 공개하죠?"

―그럼요!

"라액 끝나고 공개되는 거예요?"

―그렇죠! 역시 신경 써 주시고 계셨네요. 혹시 모르시나 해서 섭섭할 뻔했는데!

"알고 있었죠……."

―휴, 처음 하는 것도 아닌데 이상하게 긴장되네요. 은수가 지금 1등이라서 다즐링 멤버들도 잘돼야 된다고 생각해서 그런가 봐요.

태진은 제대로 알아차렸다는 생각에 안도의 한숨을 뱉고는 말을 이었다.

"잘될 거예요."

19금 버전의 '왜'가 훨씬 좋았지만, 실제 활동은 가사만 다른 곡으로 하게 된다고 들었다. 가사만 다를 뿐인데도 멤버들이 소화하는 것에 차이가 많이 났다. 물론 활동용 왜도 좋긴 했지만, 1위를 할 정도는 아니었다. 19금 왜라면 모를까. 그렇다고 악담을 할 수는 없었기에 뭉뚱그려 말했다. 그럼에도 이종락의 목소리는 아까에 비해 확연히 밝아졌다.

—그렇죠? 사실 한 팀장님한테 그 말을 듣고 싶어서 연락한
겁니다. 하하.

"진짜 잘될 거예요."

—그럼요! 한 팀장님이 골라 주신 곡인데! Solo도 1위 하지 않
았습니까! 누가 압니까! 내일 집계될 때 떡하니 Solo 밀어내고 1위
할지!

"아, 그럴 거예요."

이종락의 신난 말투에 긍정적인 말밖에 할 수가 없었다.

—참, 내일 뮤직캠프에서 첫방 하거든요? 시간 되시면 한번 봐
주세요. 하하.

"아, 네. 알겠습니다."

그 뒤로도 계속 잘될 거라는 말을 몇 번이나 반복하고서야 통
화를 마칠 수 있었다.

*　　　　*　　　　*

일요일임에도 태진은 연습실에 나와 있는 상태였다. 플레이스 쪽
에서는 유재섭과 스태프 몇 명이 나와 있었고, MfB에서는 1팀 팀원
두 명이 나와 있었다. 태진까지 총 세 명이 나와 있는 셈이었다.

하지만 태진은 누가 불러서 나온 것이 아니었다. 참가자들이 전부 연습을 하다 보니 누군가는 나와야 하는데 1팀에선 태진이 오페라의 유령을 선택한 뒤부터 대놓고 따돌리고 있었다. 그러다 보니 아예 아무런 정보를 주지 않았고, 때문에 누가 나와 있는지 알 수가 없었다. 게다가 팀원이라도 있다면 모를까 지원 팀은 자신 혼자였기에 안 나올 수도 없었다. 벌써 거의 한 달간 주말이 없다 보니 이제는 좀 쉬고 싶은 마음도 있었다. 하지만 그로 인해 얻은 것도 있었다.

"형, 커피 좀 드세요."
"저도요?"
"네! 형 것도 샀어요."
"아, 고마워요."
"저희가 더 감사하죠. 주말에도 항상 나와서 신경 써 주시잖아요."
"유재섭 배우님도 드렸어요?"
"네! 잠깐 인터뷰하신다고 나가셨어요."

태진은 정만이 건넨 커피를 받아 들며 가볍게 입술을 움직였고, 정만의 말을 들은 참가자들은 저마다 쑥덕거렸다.

"그러고 보니까 진짜! 우리 MfB 오고 한 팀장님 쉬는 거 본 사람?"
"우리 저번 주는 못 봤는데?"

"저번 주는 플레이스 연습실에 가 있었잖아. 그때도 매일 나왔다고 그랬어. 맞지?"

　플레이스 참가자들도 신기한 듯 고개를 끄덕거리며 말했다.

"그러고 보면 아침부터 우리 연습 끝날 때까지 항상 같이 있었는데? 지금 생각해 보니까 말이 안 되는 거 같은데……."
"같은데가 아니라 말이 안 되는 거지. 아무리 수당을 더 준다고 해도 내 생활이 하나도 없는데 그게 말이 돼?"
"그래서 팀장까지 바로 승진된 건가? 우리 매니저님들이 하는 얘기 들어 보면 바로 팀장 됐다고 그러던데."
"한 달 동안 매일 출근하는 게 힘들긴 해도 그래서 승진하면 죄다 출근하지. 그냥 실력이 있는 거지. 팬텀 연기 하는 거 봤잖아."
"그렇긴 해. 그것도 신기하잖아. 이어폰 꽂고 있다가 누가 연기 이상하게 하면 바로 알아보니까."

　물론 일부러 남은 것은 아니었지만 이제는 MfB 참가자들을 넘어 플레이스 참가자들에게까지 인정을 받고 있었다. 참가자들이 쑥덕거리는 말을 들은 정만은 웃으며 태진에게 말을 걸었다.

"그런데 형, 아니, 팀장님, 그냥 형이라고 해도 돼요?"
"편한 대로 불러도 돼요. 저도 팀장은 좀 불편하긴 해요."
"그렇구나. 그런데 형 오늘 바쁘신 거 아니에요?"
"오늘은 아니에요. 채이주 씨도 오늘은 못 오실 거 같고."

"그렇구나. 전 계속 이어폰 끼고 계시길래 저번에 플레이스 때처럼 아! 커피 차 왔을 때처럼요. 무슨 일 맡으셨는데 저희 때문에 나와 계신가 해서요."

"아!"

태진은 멋쩍음에 목을 살짝 쓰다듬으며 휴대폰에 연결된 이어폰을 뺐다.

"저번에 했던 일은 맞아요. 저번에 다즐링 신곡에 관해서 맡았는데 어제 신곡 발표했거든요."

"아! 저번에 혼자 부르셨던 그거요?"

"네, 그거요. 쉬는 시간이면 한번 들어 볼래요?"

태진의 말에 쉬고 있던 참가자들이 관심을 보였다. 그러고는 다들 태진의 가까이로 조금씩 움직였다. 각자의 휴대폰으로 들으면 되는 걸 마치 함께하는 게 버릇이라도 된 듯 보였다. 태진은 괜히 연습에 방해가 되는 건 아닐까 싶어 플레이스의 스태프를 쳐다봤지만, 스태프도 궁금한지 옆에 와 있는 상태였다.

"제목은 왜인데 두 곡이에요."

"그게 무슨 말이에요?"

"일단 들어 보세요."

태진은 설명보다 직접 듣는 게 나을 거란 생각에 음악을 재생

했다. 그러자 먼저 활동용 왜가 나오기 시작했고, 태진은 참가자들의 반응을 살폈다. 하지만 다들 별다른 반응 없이 노래를 들었고, 태진과 눈이 마주친 일부 참가자들만 예의상 고개를 끄덕거리는 모습을 보였다.

'확실히 순위가 낮은 이유가 있구나……'

첫 순위 집계가 되었을 때만 하더라도 23위였는데 점점 떨어지더니 이제는 40위까지 내려와 있는 상태였다.

19금 '왜'도 마찬가지였다. 19금 표시가 되어 있어서인지 아니면 끌리는 음악이 아닌지 오히려 활동 버전의 '왜'보다 낮은 순위에 있었다. 활동은 못 하더라도 19금 '왜'가 더 높은 순위에 있을 거라 예상했는데 완전히 빗나가 버렸다. 그때, 활동 버전의 '왜'가 끝나고 19금 버전의 '왜'가 나오기 시작했다. 그런데 참가자들의 시큰둥한 표정이 19금 '왜'를 듣자마자 바뀌었다.

"어, 이 곡 어디서 들은 거 같다."

"그러게. 그런데 가사가 저게 뭐야?"

"어? 이 곡 저번에 한 팀장님이 불렀었던 거 같은데요? 저질 가사!"

"내가 잘못 들은 거 아니지? 귀에다 숨소리 불었다고 막 그런 거 맞지?"

"침대에서… 무슨 말도 했다는데……"

하도 듣다 보니 이미 곡을 전부 외운 태진은 속으로 노래를 따라 부르며 참가자들의 표정을 확인했다. 분명 앞에 들었던 곡과 같은 비트에 같은 멜로디인데도 다르게 들리는 모양이었다. 그래서인지 처음에는 야릇한 가사에 관심을 보였던 참가자들이 이제는 목을 까딱거리기까지 했다.

'그런데도 순위가 낮네.'

노래가 끝나자 참가자들은 고개를 끄덕이며 입을 열었다.

"전 이 곡이 더 좋은 거 같은데요? 그런데 좀 익숙한 거 같아요. 어디서 들어 본 느낌?"
"저도요. 그런데 아이돌이 이런 가사 써도 돼요?"

태진은 참가자들을 쳐다보며 말했다.

"방금 두 곡 같은 곡이에요. 가사만 다르고요. 방금 들어서 익숙하게 들렸나 봐요."
"어?"
"방금 들은 곡은 19금 달려 있고요."

태진은 휴대폰을 보여 주며 제목이 같다는 것까지 확인시켜 주었다. 그러자 참가자들은 머쓱한 미소를 지었다.

"그래서 익숙하게 들렸나 보네요. 신기하다. 뒤에 게 훨씬 입에 착착 붙는데. 그런데 좀 다른 거 같은데요. 뒷부분에는 시작 부분에 말로 뭐라고 하던데. 그 부분 나오고 노래가 확 바뀌어서 그런지 엄청 인상적인데. 무슨 주문 같았는데. 에이! 아오메셥?"

"A! I'll mess you up. 이에요."

"맞죠? 아오메셥!"

태진은 대충 맞다는 듯 고개를 끄덕이고는 말을 이었다.

"앞 곡에도 있었어요."

"어? 진짜요? 없었는데."

"I miss you. 로 바뀌었어요."

"어, 그건 못 들었는데."

확실히 19금 버전이 인상적인 모양이었다. 그러던 중 어느덧 음악방송이 할 시간이 되었다. 태진은 함께 큰 화면으로 볼까 생각했지만, 참가자들의 시간을 뺏을 수도 있다는 생각에 참가자들을 전부 돌려보내려 했다.

"이제 연습들 하셔야죠."

참가자들이 다들 돌아가는데 정만만은 태진의 옆을 지켰다. 이어폰을 꽂으려 하던 태진은 말없이 정만을 지켜봤다.

"아! 도시락 먹기 전까지 잠깐 개별 연습 하기로 했거든요. 저희 각자 인터뷰 있어서요. 그리고 재섭 쌤도 아직 안 오셨고요."

"아, 그래요?"

정만이 옆에 있다 보니 이어폰을 꽂아야 되는지 말아야 되는지 고민되었다. 모르는 척하고 이어폰을 꽂자니 정만의 시선이 신경 쓰였기에 태진은 이어폰을 뺀 채 휴대폰을 정만 쪽으로 살짝 내밀었다.

"뭐 보시는 거예요?"

"다즐링 오늘 컴백 무대 있다고 해서요."

"아! 방금 들었던 곡이요?"

"네."

다즐링이 언제 나올지 몰랐기에 태진은 정만과 머리를 맞댄 채 휴대폰을 지켜봤다.

"언제 나와요?"

"은수 씨가 지금 인기가 많아져서 좀 뒤쪽에 나올 거 같아요."

"맞다! 지금 Solo 인기 엄청 많다고 그러더라고요."

태진의 예상대로 거의 끝부분에 컴백 무대라며 다즐링을 소

개했다. 잠깐 상투적인 인터뷰가 진행되었고, 곡을 잠깐 소개했
다. 그러고는 곧바로 화면이 무대로 넘어갔다.

"와, 이 사람 멋있다."

"다즐링 몰라요?"

"남자 아이돌은 잘 몰라요. 은수만 알죠."

"이 사람은 요한이라는 멤버예요."

화면에는 암전된 무대에 핀 조명이 요한만을 비추고 있었다.
마치 솔로 무대인 것처럼 보였다. 그와 동시에 요한이 노래를 불
렀고, 요한의 노래가 끝날 때쯤, 갑자기 모든 조명이 켜졌다. 그
리고 은수가 카메라에 잡혔다.

―I miss you.

"아 윌 메셥."

은수의 파트 부분에서 바로 옆에서 정만의 목소리가 들렸다.
태진이 고개를 돌려 정만을 보자 정만이 어색하게 웃으며 말했
다.

"아! 이게 아니네요."

태진은 가볍게 웃음소리를 내고는 다시 화면을 봤다. 어느덧
다즐링의 무대가 끝이 났다. 큰 문제는 없었지만, 그렇다고 큰

이슈도 없는 그런 무난한 무대였다. 그때, 보고 있던 휴대폰 화면이 바뀌었다.

"전화 받으세요! 전 이만 가 볼게요!"

정만이 가자 태진은 전화를 가만히 쳐다봤다. 걸려 온 전화는 다름 아닌 이종락이었다. 라온이 허접한 회사도 아니고 우리나라에서 가장 유명한 가수 기획사이다 보니 내로라하는 A&R팀이 있었다. 그리고 이종락은 그 A&R팀의 수장이면서 왜 계속 자신에게 전화를 하는 건지 이해할 수가 없었다. 아니나 다를까 통화 버튼을 누르자 이종락의 목소리가 들려왔다.

―방송 보셨죠?
"네, 지금 봤어요."
―괜찮았죠? 무대 구성 다 저희 쪽에서 꾸민 건데 시작할 때 핀 조명 그걸 안 해 주겠다고 그래서 조율하느라 아주 얼마나 애먹었다고요. 그리고 중간에 의상 바뀌었잖아요. 저희만 특별히 3번 녹화해서 교차편집 한 건데 엄청 자연스러웠죠? 이 정도면 이목 좀 끌 거 같은데 어떻게 보셨어요?

사실 19금 버전이라면 어땠을까 하는 생각에 의상이 바뀐 줄도 모르고 있었다. 하지만 솔직히 말할 수 없었기에 이종락이 듣고 싶어 하는 말을 꺼내 놓았다.

"오늘 방송 나가면 순위 좀 오를 거 같아요."

─그렇죠? 역시 안목이 뛰어나시다니까. 아무튼 저는 리뷰하러 가야 해서, 또 연락드리겠습니다.

자신의 대답으로 확신을 하려는 건지 자꾸 묻는 통에 다즐링이 반드시 성공을 해야된다는 생각마저 들고 있었다.

*　　　*　　　*

새벽부터 리허설을 끝내고 사전 녹화를 준비 중인 다즐링 멤버들의 표정이 다들 무거웠다. 활동을 시작한 지 얼마 안 됐을 때라 파이팅이 넘쳐도 모자랄 판에 다들 기가 죽어 있었다. 그러던 중 리더 하늘이 안 되겠는지 분위기를 바꾸려고 박수를 크게 쳤다.

"자, 그만 처져 있자! 우리 아직 일주일도 안 됐잖아."

"그래! 그러자! 힘내자!"

"힘은 내고 있지. 그냥 기운이 빠질 뿐이지. 태진이 형도 우연이었네. 안 그래?"

그때, 지켜보던 매니저가 대화에 끼어들었다.

"왜들 그래요. 한 팀장 덕분에 팬들 확 늘었는데. Y튜브 조회수 우리가 다 먹고 있잖아요."

"그건 커버곡 영상이잖아요. 우리 곡이 아니라."

"그리고 우리 최고 등수는 찍었는데 그만하면 잘한 거죠."

"잠깐이잖아요. 아까 보니까 74위던데!"

"잘한 거예요. 오늘 무대 서는 팀들 중에서 차트인 해 보지도 못한 팀들도 수두룩한데 우린 잘한 거예요. 뭐, 꼭 1위를 해야 되나요."

"이제 차트 밖으로 떨어지는 건 시간문제잖아요."

"에이, 아니에요. 제가 듣기에는 꾸준히 오래갈 곡이에요."

"형은 우리 팀이니까 그런거고요."

"아니라니까요. 안 그러면 사람들 왔겠어요? 우리 사전녹화 꽉 찼어요."

"그건 우리 '다유'들이니까 와 준 거고."

"그러니까요. 그 '다유'들이 좋다잖아요."

다즐링 멤버들은 팬클럽 얘기에 고개를 끄덕거렸다. 많은 사람들의 호응을 얻진 못했지만, 데뷔 이후 지금까지 꾸준히 응원해 준 팬들이었기에 실망시킬 수는 없었다. 팬 얘기에 멤버들은 의지를 다지려는 듯 저마다 숨을 크게 들이마시며 고개를 끄덕였다. 그러자 리더답게 하늘이 입을 열었다.

"언제부터 우리가 1위 해 봤다고! 그래도 예전에 비해 인기 엄청 많아졌잖아. 괜히 우리 신경 써 준 태진이 형이랑 회사분들 원망하지 말자! 언제 어디서든 빛나는 우리는 다즐링!"

"우리끼리 있을 땐 그것 좀 하지 마!"

"왜 평소에도 해야지! 언제 어디서든 빛나는 우리는!"

"다즐링!"

"다즐링!"

의지를 다지던 순간 녹화가 시작한다는 안내를 받았고, 멤버들은 무대로 향했다. 다른 무대들 과 똑같이 어둠 속에서 핀 조명이 요한을 비추며 시작되기에 멤버들은 불이 꺼진 무대에서 객석을 바라봤다.

빈자리가 보이긴 했지만, 거의 모든 자리가 차 있는 것이나 다름없었다. 평일 녹화임에도 이 정도면 굉장히 많은 팬들이 응원을 하러 온 것이었다. 덕분에 힘을 얻은 멤버들은 어둠 속에서 다시 한번 고개를 끄덕였다. 그때, 스태프의 시작된다는 안내와 함께 핀 조명이 요한을 비추며 무대가 시작되었다.

요한의 파트가 끝나고 불이 켜지면 이제 은수가 나지막이 말을 할 차례였다. 자신을 떠난 연인을 그리워하는 내용답게 멤버들 모두가 표정연기를 준비하고 있었다. 그때, 은수의 입이 열리기도 전에 객석에서 먼저 큰 소리가 들려왔다.

"A! I'll mess you up."

애절한 표정을 연기하던 멤버들은 관객들의 외침에 당황한 표정으로 변했고, 그런 표정으로 서로를 쳐다보기만 했다. 다행히 파트를 놓치진 않았지만 준비한 연기와는 완전 다른 표정을 지을 수밖에 없었다. 그러다 보니 제작진에서 촬영을 중단을 시켰다.

"뭐 하니?"

"죄송합니다!"

"너희 이러면 다음에 사전녹화 없다?"

"네! 죄송합니다."

사실 사전녹화도 라온이라는 회사에 소속되어 있기에 가능한 것이었기에 멤버들 모두가 90도로 허리를 숙여 사과했다. 그러고는 다시 시작하기 앞서 리더 하늘이 팬들 앞으로 갔다. 그러자 팬들은 소리 지르며 하늘을 반겼다.

"19금 왜로 부르면 방송 못 나와요! 그러면 안 돼요!

"I'll mess you up!"

"그거 하면 안 된다니까요! 알았죠? 저희 방송에서 쫓겨나요! 그리고 다유들도 다음에 못 올 수도 있어요!"

"네! 사녹 자주 왔는데 PD님이 이 정도는 봐주세요!"

"그래도요! 다들 믿어요!"

"네!"

팬들은 뒤에 있던 팬들에게 전달하는지 잠시 웅성거렸고, 곧이어 다시 녹화가 시작되었다.

*　　　　*　　　　*

다음 날. 오페라의 유령을 한창 연습 중이었고, 이제는 배역이 확정이 된 상태였다. 유령 역은 정만이 첫날 보여 준 연기 때문에 넘보는 사람조차 없었다. 하지만 다른 역은 달랐다. 조금이라도 많이 나오는 역을 차지하기 위해 치열한 경쟁을 펼쳤다. 경쟁으로 역을 맡다 보니 다들 자신이 맡은 역에 대해서 불만을 꺼낼 수가 없었고, 무엇보다 참가자들의 연기가 한층 발전하는 계기가 되었다.

거기다 유명 배우들이 소속된 플레이스에서 준비를 철저히 한 덕분에 진행이 깔끔하게 되는 중이었다. 아마 곽이정이 준비를 하더라도 이보단 못 했을 것 같을 정도였다. 다만 문제는 플레이스가 주축이 되어 진행을 하다 보니 MfB의 직원들이 끼어들 틈이 없었다. 그저 부족한 것들을 채우는 정도가 전부였고, 다들 초조해하며 불만이 가득했다. 하지만 태진은 달랐다.

참가자들이 먼저 찾는 통에 플레이스보다 중심에 있는 것처럼 보이면서도, 기본적인 일은 플레이스에서 다 하다 보니 몸이 편한 상태였다. 그러다 보니 태진도 무척 여유로웠다.

'이것도 편하네.'

지금도 플레이스에서 준비한 대로 연습을 하는 중이었기에 태진은 뒤에 자리해 여유로이 그 모습을 지켜보고 있었다. 그러던 중 오늘 다즐링의 순위를 확인하지 않은 것이 떠올랐다. 순위가 점점 떨어지더니 어제 마지막으로 봤을 때 딱 80위에 자리하고

있었다. 이종락에게 연락이 올 걸 생각하면 좀 올랐으면 하는
바람으로 순위를 확인했다.

'어……?'

순위를 보던 태진은 자신이 제대로 본 게 맞는지 눈을 껌뻑이
고는 다시 확인했다.
곧 차트 밖으로 나갈 거라는 생각에 불안한 마음으로 확인을
했는데 무려 30계단 위로 껑충 뛰어올라 와 있었다.

47위 Dazzling 왜

오를 거라고 기도하긴 했는데 사실 오르기는 힘들 거라고 예
상하고 있었다. 그런데 갑자기 순위가 오른 걸 보니 신기하기도
했고, 왜 오른 건지 궁금하기도 했다. 그러던 중 19금 왜의 순위
도 궁금했다. 첫날을 제외하고는 활동용 왜보다 위에 있었는데
지금은 19금 왜가 보이지 않았다.

'19금은 차트 밖으로 나갔나……'

태진이 올리던 화면을 멈추려 할 때였다. 화면이 더 이상 위로
올라가지 않는 상태에서 가장 밑에 빨간색으로 19금 표시가 되
어 있는 것이 보였다.

5위 Dazzling 19 왜

'어······?'

확실히 19금 왜가 좋기는 했지만, 19금이다 보니 뮤직비디오도 제작하지 않았고, 활동도 따로 하지 않았다. 활동용 왜가 반응이 있어야 19금 왜도 빛을 발할 수 있는데 활동용 왜도 사실 뜨거운 반응은 아니었다. 그런데 갑자기 19금 왜가 떠오르고 있었다.

태진은 무슨 일이 생긴 건지 궁금한 마음에 인터넷 창을 열었다. 그리고 Dazzling을 검색하자 수많은 기사들이 나왔다. 하지만 하나같이 특별한 것 없는 기사들이었다. 라온에서 보도 자료를 보낸 것 같은, 신곡에 대한 소개 기사들이 대부분이었다. 그러던 중 이상한 제목이 눈에 들어왔다. 기사가 아니라 한 커뮤니티에 올라온 글로, 다즐링과 연관이 없을 것 같은 제목이었고, 그런 글이 한두 개가 아니라 수두룩했다. 하지만 분명히 연관이 있으니 검색이 된 것이었다. 하지만 좋은 제목이 아니다 보니 태진은 안 좋은 이슈로 인해 관심을 받은 건 아닐까 걱정이 되었다.

—자본주의에 찌든 아이돌.
—6마리 고양이가 동시에 고장 남.
—무대 중에 뭐 먹는 아이돌.
—누가 불 켰어! 깜짝 놀랐잖아!

태진은 혹시나 싶은 생각에 그 글을 클릭해서 들어갔다. 그러자 사진들이 주욱 나왔고, 예상하던 대로 다즐링 멤버들의 사진들이었다. 아마 최근 무대에 섰을 때의 사진처럼 보였다. 그 사진을 가만히 보던 태진은 고개를 갸웃거렸다.

'표정이 왜 이래. 이래서 고장 난 고양이들이라고 했네.'

그 밑으로 내려 보자 이미지 파일로 만든 움짤이 나왔다. 그 영상을 보던 태진은 자신도 모르게 피식 웃어 버렸다. 어두운 화면에서 조명이 켜지고 동시에 멤버들 모두가 눈이 동그래진 채 앞만 쳐다보고 있었다. 그럼에도 팔은 이리저리 휘적이며 춤을 추고 있다 보니 사람들이 자본주의 아이돌이라고 한 듯했다. 거기다가 은수는 진짜 뭘 먹는 것처럼 입을 계속 오물거리고 있었다.

글을 본 사람들 대부분이 웃기다는 얘기가 대부분이었다.

—합성 아님? 표정이랑 춤이랑 완전 안 어울리는데? ㅋㅋ
—저런 표정 해야지 노래 잘 부르는 거냐? 오늘부터 연습이다.
—저게 컨셉임? 개웃기네 ㅋㅋㅋ
—얘네가 누구임?
—은수 존나 변했다. 음원 1위 하더니 음방 중에 뭐 처먹네. 쯧쯧

경쟁이라도 하듯 서로 웃긴 댓글들을 주욱 달아 놓았다. 태진

도 웃음이 나오긴 했지만, 걱정도 생겼다. 이런 댓글들을 바탕으로 대중들에게 친근하게 다가갈 수 있지만, 자칫 잘못하면 웃긴 아이돌로 남을 수 있었다. 게다가 지금 활동 중인 '왜'의 컨셉이 헤어진 여인에게 이별의 이유를 묻는 슬픈 내용이었기에 그런 이미지가 생겨 버리면 몰입을 방해할 수도 있었다. 물론 19금 버전도 마찬가지였다.

태진은 이종락에게 전화를 해서 물어볼까 생각했지만, 이런 일로 전화를 하면 하소연을 들을 것 같다는 생각에 직접 이유를 찾아보기로 했다.

'음방 직촬이면 팬카페에 있을 거 같은데.'

태진은 일단 한 커뮤니티 사이트에 있는 다즐링갤러리부터 뒤적이기 시작했다. 하지만 글이 워낙 방대한 데다가 웃기려는 목적으로 쓴 글들이 대부분이었기에 다른 곳을 찾기 시작했다. 그러던 중 다즐링의 팬카페가 보였다.

〈너희를 빛나게! Dazzling Your!〉

공식 카페인 모양인데 가입비도 따로 필요 없었다. 태진은 바로 카페에 가입을 했다. 하지만 신입이라서 볼 수 있는 글이 한정되어 있었다. 볼 수 있는 글이라고는 대부분 공지들이었기에 등급을 올릴 때까지 기다려야 하나 싶을 때, 공지 하나가 눈에 들어왔다.

〈사녹 참여 시 주의 사항! 필독! 19 왜 떼창 금지!〉

태진은 궁금한 마음에 글을 클릭했고, 공지이다 보니 읽어 볼 수 있었다. 그리고 지금 다즐링에게 어떤 일이 생긴 건지 알 수 있었다.

'그러니까 은수 파트에 19 왜 가사로 떼창 했다는 거구나. 그래서 다들 놀란 거고.'

태진은 헛웃음이 나왔다. 팬들이 떼창을 해서 놀란 표정을 지었고, 그 표정이 커뮤니티에 돌아다니며 사람들의 관심을 받고 있었다. 그리고 그 관심이 19 왜까지 이어지고 있었다. 팬들이 만든 상황 덕분에 홍보가 되는 중이었다. 덕분에 순위가 올랐고, 순위가 오르자 사람들이 또 관심을 보이는 상황이 벌어지는 중이었다.

'아! 아까 정만 씨도 19 왜로 따라 부르긴 했지.'

*　　　　*　　　　*

라온의 이종락은 지금 상황이 어이가 없었다. 생각지도 못한 곳에서 시작된 반응이 점점 올라오고 있었다.

"지금 반응은 어떠냐?"

"2위까지 올라갈 거 같은데요!"

"1위가 Solo지?"

"네! 그런데 이 기세라면 밀어낼 거 같은데요?"

"이게 꿈이냐 생시냐."

이종락은 지금 일어나는 일이 잘 믿기지 않는다는 표정이었다. 라온이 한국에서 가장 유명한 가수 기획사라고는 하나 그건 '후'라는 빌보드까지 점령한 가수가 소속된 덕분에 그렇게 불리는 중이었다. 속속들이 따지고 보면 후를 제외하고는 엄청 인기 있는 가수나 아이돌이 있는 것은 아니었다. 그러다 보니 지금의 성적이 잘 믿어지지 않았다.

"아직도 고장 났다고 놀리냐?"

"그렇죠. 원래 한번 그러면 한동안 가잖아요. 그래도 음원사이트에 달린 댓글 보면 노래 좋다는 얘기밖에 없어요."

"그래?"

"그게 전부 19 왜에 달려 있는 게 좀 그렇긴 하죠."

이종락도 어떤 댓글이 달리는지는 알고 있었다. 그중 엄청나게 많은 공감을 받은 댓글을 따로 캡처해 두기까지 했다.

—일반 왜와는 완전 다른 곡임. 멤버들 개개인의 목소리에 혼이 실린 느낌이며 개개인의 개성이 파트마다 묻어 나옴. 보통 개성을

살리려는 곡의 경우 위화감이 들 수 있는데 적절한 파트 분배 덕분에 위화감은커녕 하나 같은 느낌이 듦. 가장 큰 이유는 기존에 고수하던 다즐링의 파트 순서를 바꿨다는 걸 꼽을 수 있을 것 같음. 일반 왜도 같은 파트지만 뭔가 가짜 같은 느낌이 드는 반면, 19 왜는 진짜 멤버들 중 누군가가 겪은 일은 아닐까 하는 생각이 들 정도로 몰입이 강함. 종합해 보자면 라온이 멤버들을 제대로 분석해 가장 어울리는 파트를 분배해서 이런 결과물을 만들어 낸 것임. 한마디로 일을 제대로 한 곡이라는 소리임. 역시 라온.

전문가 같은 평가를 내놓는 사람들이 한두 명이 아니었다. 보통 지식 자랑을 하는 댓글들은 공감을 받는 경우가 적은데 이 댓글만큼은 많은 공감을 받고 있었다. 그만큼 똑같이 느끼는 사람들이 많다는 뜻이었다. 게다가 본의 아니게 칭찬을 받고 있었다.

"후, 역시 한 팀장이네."
"진짜 한결같네."
"뭐? 나한테 하는 말이야?"
"네, 다른 팀에서 사실 괜히 다른 회사에 맡긴 거 아니냐는 말 나왔었어요."
"누가? 누가 그런 소릴 해!"
"그냥 전체적으로 그랬죠. 그러면서 부장님 친인척 아니냐고, 그런 말까지 나왔는데."

사실 이종락도 왜의 성적이 자꾸 떨어질수록 마음이 초조했었다. 갑자기 컴백 무대를 준비한 탓이라고 위안을 삼았지만, 그것만으로는 부족했다. 그렇다고 원인을 태진에게 돌리기도 힘들었다. 직접 녹음실에 가 멤버들이 파트를 바꿔 가며 했던 것을 들어 봤기에 지금이 최상의 분배라는 것도 느끼고 있었다.

게다가 홍보에도 힘을 썼고, 은수가 Solo로 1위를 유지하고 있음에도 대중들이 관심을 보이지 않는다는 건 다즐링이 아직 성공할 때가 아니라고 생각할 수밖에 없었다. 그러던 중 이제 슬슬 입소문을 타고 올라오고 있었다. 홍보를 통한 것보다 입소문을 통해 올라온 곡이 훨씬 오래 차트에 머물고 있었기에 이제 다즐링의 때가 온 것이었다.

"하여튼간 누가 그런 말을 하는 거야. 보는 눈도 없고 듣는 귀도 없어요."

"다 불안하니까 그렇죠. 저희 팀원들도 말을 안 해서 그렇지 불안했을 걸요."

"참 나. 그런 걸로 불안해하기는."

"부장님은 안 불안하셨어요?"

"왜 불안해! 잘될 거라고 그랬는데."

"누가요. 한 팀장님이요? 신기하네. 부장님 사람 잘 안 믿잖아요. 사장님도 안 믿으시면서 한 팀장님이 말하면 잘 믿으시네."

"사람이 믿을 만하잖아."

"어떤 면에서요?"

이종락은 직원을 보며 피식 웃었다.

"그런 게 다 있어. 그런 걸 알아보니까 내가 부장인 거야. 하하하."

*　　　　　*　　　　　*

태진은 아침 일찍부터 에이전트부 회의에 참석 중이었다. 각팀에서는 저번처럼 팀장과 직원 한 명이 회의에 참석하고 있었고, 그는 당연히 혼자였다. 그런 태진이 치사하다는 눈빛으로 사람들을 쳐다봤다.

부사장의 비서실에서 확인차 연락을 주지 않았다면 회의가 있었다는 것도 몰랐을 것이다. 팀원이 있다면 얘기를 들었을 수도 있었다. 게다가 그게 아니더라도 다른 부서에서 전달을 해 줄 수도 있었다. 하지만 누구 하나 알려 주는 사람이 없었다. 다른 팀이야 그럴 수도 있다 하더라도 1팀만큼은 자주 마주치니 알려 줄 수도 있었을 텐데 그러지 않았다.

'진짜 치사하네.'

만약에 지원 팀이 없어지더라도 1팀에는 가지 않겠다는 생각만 더욱 견고해졌다. 그때, 가장 늦게 조셉이 손을 흔들며 등장했다. 태진은 그런 조셉에게 고개를 숙여 인사했고, 눈이 마주친 조셉이 기분이 좋은 듯 미소를 지으며 다시 손을 흔들었다.

"자, 다들 모였군요. 그럼 바로 시작하도록 하죠."

다른 회사와 달리 회의라고 해도 여태 모일 일이 없었다. 각자의 팀에서 진행하고 있는 업무들은 온라인에서 공유가 가능했고, 실행 계획을 올려놓으면 그에 따른 리뷰를 달 수 있도록 되어 있었다. 그러니 업무 때문이라면 이렇게 모두가 모여서 회의를 할 필요가 없었다. 이런 경우는 큰 문제가 생겼을 경우나 예전처럼 팀원 배치에 관한 경우였다. 그리고 아마 오늘은 태진의 지원 팀에 관한 얘기를 할 것이었다. 예상대로 조셉은 곧바로 각 팀에게 자료를 건네주었다. 물론 태진도 자료를 받았고, 조셉이 말하는 동안 자료를 살펴봤다.

'와… 그동안 일 많이 했구나.'

스스로도 감탄할 정도로 많은 일들이 있었다. 사실 맡은 업무가 많지 않다 보니 업무 내용은 얼마 없었지만, 하나같이 전부 성공적으로 이끌었다는 내용이었다. 그리고 그 중심에는 자신의 이름이 있었다. 한데 모아 놓고 보니 뿌듯함이 이로 말할 수가 없었다. 그래서인지 태진의 입술이 쉴 새 없이 떨리는 중이었다. 그때, 조셉이 입을 열었다.

"지원 팀의 그동안 업무 내용입니다. 아니지, 업무 내용이라는 말보다 활약상이라는 말이 더 어울리겠네요."

태진은 이 정도면 지원 팀이 유지될 거라는 생각이 들었지만, 사람 일은 어떻게 될지 모른다는 생각에 약간 긴장하며 조셉을 주시했다. 그때, 조셉이 태진을 보며 환하게 웃었다.

"19 왜가 방금 1위 했더군요?"

제11장

—

팀원 선택

　태진이 확인도 하기 전에 먼저 이종락에게 전화가 와 이미 알고 있는 상태였다. 하지만 다른 팀들은 모르고 있었는지 약간 놀란 표정들이었다. 조셉은 그런 팀장들의 표정을 놓치지 않고 바로 의견을 물었다.

　"자, 그럼 지원 팀의 유지에 관해서 팀장님들 의견부터 들어볼까요?"

　조셉이 가리킨 4팀장 스미스는 태진을 보며 가볍게 웃고는 입을 열었다.

　"전 이대로 유지해도 괜찮을 것 같아 보이네요. 다만 지금까지와는 조금 달라야 하지 않을까 싶은데요."

"어떤 부분이요?"

"이름은 지원 팀인데 지원 요청을 할 수가 없더라고요. 지금도 1팀하고만 일하고 있는데 그런 부분이 조금 불만스럽더군요."

"그렇군요."

"그런 부분들이 고쳐진다면 각 팀에게 도움이 될 듯싶습니다."

채이주의 캐스팅으로 인해 네 개의 팀 중 태진의 덕을 가장 많이 본 팀이었다. 지금도 채이주가 신품별에 합류한 건 신의 한 수라는 말이 나올 정도이다 보니 태진에 대해 우호적이었다. 하지만 모두가 그런 것은 아니었다.

"제가 보기에는 조금 이른 면이 있지 않나 싶습니다. 정식으로 지원 팀이 꾸려진다면 한태진 씨가 팀장이 될텐데 그러기엔 경력이 너무 부족하지 않나 싶습니다. 아무래도 이곳저곳과 선을 대야 하는 입장인데 한태진 씨는 그런 부분이 조금 아쉽죠. 그렇다고 없애자는 건 아닙니다. 지금처럼 유지하되 시간을 좀 더 두고 결정을 내리는 게 어떨까 싶군요."

2, 3팀장의 입장은 서로 비슷했고, 태진도 이해가 되는 발언이었다. 자신의 부족한 부분을 알 수 있는 의견이었기에 오히려 도움이 되는 말이었다. 그리고 마지막으로 곽이정이 남았다. 태진은 곽이정이 어떤 입장을 내놓을지 예상이 되지 않았다.

하는 걸 봐서는 반대할 것이 틀림없었지만, 남들의 시선에 신경을 엄청 쓰기에 혼자만 반대를 할 것 같진 않았다. 이렇게 성과까지 있는데 반대할 이유가 없을 것이었다. 그때, 곽이정이 태진을 한 번 쳐다보고는 입을 열었다.

"전 찬성이자 반대입니다."

조섭은 재미있다는 듯 입가에 미소를 짓고 곽이정을 봤다.

"채이주 씨는 인정을 합니다. 하지만 나머지 일들은 지금 우리 MfB 에이전트 부서에서 하는 일과는 거리가 먼 일들이더군요. 그래서 지원 팀을 유지하되 에이전트 부서에서 하는 일들과 거리가 먼 업무는 피해야 한다는 겁니다."

"라온의 일들 말하는 거군요?"

"맞습니다. 물론 MfB가 발전하기 위해서는 A&R팀을 꾸리든지 해서 가요계에 대해 준비를 해야 할 테지만, 지금 당장은 그런 게 없죠. 그리고 한다고 하더라도 시기상조고요. 이제 막 한국 연예계에 발을 디딘 상태라 내실을 다져야 하고, 그 근본인 배우에게 힘을 쏟아야 한다고 봅니다."

"잠시만요. 그건 경영 팀에서 판단할 문제지 1팀장이 판단할 문제가 아닙니다."

"압니다. 경영 팀도 다르지 않을 거라고 생각해서 얘기를 한 겁니다. 만약에 전문적인 A&R팀이 꾸려진다면 한태진 씨가 그 팀에 합류하는 것이 맞지만, 지금은 팀도 없거니와 다른 팀장님들이 말한 것처럼 경험이 많이 부족합니다."

"부족한 경험에 비해 일처리가 굉장히 훌륭하지 않습니까?"

"물론 지금까지 일을 잘해 왔다는 건 인정하나 실패를 할 수도 있다는 겁니다. 한태진 씨 혼자 판단하고 결정해야 하는데 언젠가는 잘못된 판단을 할 수도 있다고 봅니다. 그럼 그 여파는 MfB쪽으로 돌아올 테고요."

곽이정은 태진을 다시 쳐다보고는 말을 이었다.

"배우들에 관한 일에서는 실수가 있더라도 저나 다른 팀장님들이 커버를 할 수가 있지만, 가요계 쪽은 그럴 수가 없습니다."

태진은 어이가 없었다. 사람 관계라면 모를까 일에 관해서는 지금까지 실수 한 번 하지 않았는데 곽이정의 말을 모르는 사람이 들어 보면 태진이 실수만 하는 사람이라고 생각될 것이다. 그리고 곽이정이 그걸 커버해 줬다는 그런 말처럼 들렸다. 그리고 다른 팀장들까지 언급하며 동의를 구하고 있었다.

'나한테 진짜 왜 저러지?'

아무리 생각해도 열심히 일한 거밖에 없는데 곽이정과의 관계가 점점 꼬이는 듯했다. 그러다 보니 껄끄러운 걸 넘어 이제는 사람이 싫어지는 단계까지 오고 있었다. 그럼에도 곽이정은 아직 끝나지 않았다는 듯 말을 이었다.

"게다가 다른 쪽 업무를 하다 보니 원래 업무에 소홀해질 수도 있습니다. 게다가 한태진 씨가 혼자 하기에는 업무량이 너무 많아지죠. 아실지 모르겠지만, 최근 한 달간 한태진 씨는 휴일 없이 매일 출근한 상태입니다. 만약 지원 팀이 유지된다면 그게 일 년이 될 수도 있겠죠. 그래서 전 찬성이자 반대라고 말한 겁니다."

태진은 너무 어이가 없는 나머지 헛웃음이 나왔다.

'고양이가 쥐 생각한다는 말이 이런 말이네.'

태진은 다른 사람들이 곽이정의 말을 어떻게 받아들일지 궁금했다. 다행히 관심이 없다는 팀장도 있었지만, 동의한다는 팀장도 있었다. 그리고 조셉 역시 동의한다는 듯 고개를 끄덕거리고 있었다. 그런 조셉이 입을 열었다.

"경영 팀에서도 확실히 그런 얘기가 있었죠. 그래서 그 부분이 걱정이 되더군요."

곽이정은 옅은 미소를 지으며 고개를 끄덕거렸고, 조셉은 여전히 여유로운 표정이었다.

"1팀장 말처럼 A&R 부서는 아직 이르죠."
"맞습니다."
"그런데 한태진 씨가 한 일은 A&R 부서가 하는 pitching이죠.

피칭이란 건 아시죠? 프로듀서나 작곡가들이 본인들의 카탈로그를 보내 오면 그 안에서 데모를 선별하여 각 아티스트에 맞게 기획사나 레이블에 소개하는 일이죠. 그렇다는 건 작곡가, 작사가와 연관되어 맞는 곡을 공급하는 퍼블리셔가 된다는 뜻입니다. 그리고 그 시작을 매우 성공적으로 이끌었고요."

곽이정은 자신의 입장과 조금 다른 듯한 조셉의 말에 순간 얼굴이 찡그려졌다.

"우리로서는 전혀 마다할 일이 아니죠. 정식 A&R 부서가 없는데도 퍼블리셔가 있다? 그것도 유능한. 지금은 라온뿐이었지만, 앞으로 다른 기획사들에서 의뢰를 한다면 어떻게 될까요? 우리가 그 중심에 있게 되지 않겠습니까?"
"그건 너무 먼 얘기 같습니다."
"그렇게 먼 얘기도 아닙니다. 지금도 라온 말고도 다른 기획사에서 의뢰를 해 오고 있는 상태이니까요."

조셉은 태진을 보며 씨익 웃더니 말을 이었다.

"그리고 아까 말한 실수라는 것도 말이 안 되는 게 의뢰자가 원하는 건 추천입니다. 우리는 최대한 의뢰에 맞는 대상을 찾아서 추천을 하고, 결정은 상대방에서 하게 되겠죠. 상대방은 마음에 들지 않으면 다시 돌려보내겠죠? 그런 건 잘못된 판단이라고 하기보다는 조율을 한다는 말이 맞을 거 같군요."

곽이정은 아예 고개를 돌리고 다른 쪽을 보고 있었다. 태진은 그런 곽이정을 보자 입술이 씰룩거렸다.

"그래서 내 생각은 퍼블리셔 업무를 추가해 지원 팀을 정식으로 팀으로 만들었으면 합니다."

태진은 순간 주먹을 불끈 쥐었다. 지원 팀을 유지하려고 애썼던 그 동안의 노력을 인정받은 느낌이었다. 태진은 감사 인사를 하기 위해 회의실에 있는 사람들을 쳐다봤다. 그러자 축하한다는 듯 웃고 있는 4팀장 스미스를 제외하고는 크게 관심이 없는 듯한 표정들이었고, 아예 못마땅하다는 표정을 드러내고 있는 곽이정이 보였다. 그때, 조셉이 말을 이었다.

"인맥이 없다는 걸 문제 삼는 의견이 있었지만, 그건 어디까지나 먼저 다가갈 때 문제가 되는 것이지 상대방이 먼저 찾는다면 문제가 아니게 되겠죠."

조셉의 말에 크게 반대하지 않았지만 축하하지도 않았던 2, 3팀장이 고개를 끄덕거렸다. 그러자 조셉이 웃으며 곽이정을 쳐다봤다.

"내가 1팀장 의견에 동의하는 건 지금 업무가 너무 많다는 것뿐입니다. 그래서 해결 방법으로 팀원을 충원하는 게 좋을 것 같네요. 그렇게 되면 확실히 부담이 줄어들겠죠?"

"신입 사원을 또 모집한다는 겁니까?"

"아직은 아니죠. 많이는 아니고 일단은 두 명 정도면 될 거 같은데, 다들 어떠십니까?"

각자의 팀에서 팀원을 차출하겠다는 말이 좋게 들릴 리가 없었다. 아무리 태진이 보여 주는 것이 많다 하더라도 신입은 신입이었다. 그런데 그런 신입의 밑으로 들어가라는 말을 해서 괜히 원망을 받기 싫었다. 게다가 한 명이 빠지면 그만큼 업무가 나머지 인원에게 돌아오기에 꺼려지는 이유도 있었다.

"강제로 차출을 해야 되는 겁니까?"

"그건 좀 그렇겠죠?"

"그럼 어떻게 하자는 건가요?"

"직원들의 자유의지에 맡겨 볼까도 생각했지만, 그건 어떤 결과가 나오더라도 상처를 받는 사람이 생길 거 같더군요. 만약에 한 팀의 전원이 지원 팀에 지원한다면 어떻게 될까요? 뽑힌 두 명을 제외하고 다시 자신의 팀에서 일을 해야 될 텐데 분위기가 이상하겠죠? 하하. 그 반대로 아무도 지원을 하지 않는다면 한태진 씨가 우스워질 테고요."

조셉은 회의실에 있는 사람들을 둘러보며 말했다.

"그러니 한태진 씨에게 맡기도록 하죠."

태진은 팀에 두 명이 충원된다는 말을 들었을 때부터 두 명의 얼굴을 떠올린 상태였다. 하지만 본인들의 의견을 들어 봐야 했다.

"바로 정해야 하나요?"

"생각해 둔 사람이 있는 모양이군요? 어차피 팀원 꾸리는 건 한태진 씨의 일이니까 따로 시간을 둘 필요는 없겠죠? 빨리 구하는 만큼 한태진 씨도 편해질 테니까요. 하하."

태진은 고개를 끄덕거리면서도 어떻게 설득해야 할지 약간 걱정이 되었다.

"그리고 지원 팀 사무실은 이 위층, 5층에 마련하죠."

＊   ＊   ＊

사무실로 돌아온 곽이정은 회의에서 있었던 일을 전달조차 하지 않은 채 짜증 난 표정을 숨기지 않고 드러냈다. 회의에 같이 참여했던 팀원에게 어떤 사정인지 전해 들은 팀원들은 그런 곽이정의 눈치를 살폈다.

"진짜 팀으로 인정받을 줄은 몰랐네요."

"그러게 말이야. 다시 우리 팀 오면 아주 밟아 놓으려고 그랬는데 이제 어쩌냐. 팀장님이라고 불러야 되냐? 아, 세상 더럽다."

"뭘 어째요. 다른 팀인데. 그냥 안 부르면 되죠. 그나저나 팀장님 저렇게 화내는 거 처음 봤죠? 그런데 왜 그렇게 한태진 데려오려고 그러는 거예요?"

"뭘 데려와. 팀장님도 한태진이가 오페라에 손 들어 줘서 엄청 화나 있었는데."

"그렇긴 한데……"

"아무래도 지원 팀 무마되면 한태진이 우리 팀밖에 올 데가 없잖아. 라액 애들이랑 친하고 지금까지 지가 라액에서 한 일이 있는데 그거 손 털기 쉽지 않잖아. 우리 팀으로 오면 팀장님이 부서 버리려고 했는데 못 해서 짜증 나나 보지."

"그렇네."

"아무튼 뭐 한태진이가 팀 꾸린다고 했으니까 다들 연락 와도 모른 척해요. 뭘 몰라서 그런지 겁이 없어. 다들 알았죠?"

그때, 마른세수를 하던 곽이정이 손을 저으며 말했다.

"가고 싶은 사람 있으면 가도 됩니다."

"아닙니다. 뭐 하러 거길 갑니까. 신입한테 팀장님이라고 부를 사람이 누가 있다고. 하하."

"혹시라도 갈 사람 있으면 말해요. 언제든지 보내 줄 테니까."

그때, 구석에서 전화를 받고 있던 한 사람이 조용히 손을 들었다. 다름 아닌 김국현이었고, 김국현은 참 이상한 표정을 짓고 있었다. 뭔가 후련해하는 한편, 약간 자세까지 건방져 보였다. 그러자 곽이정이 미간을 찡그리며 물었다.

"왜요, 레미제라블 취소 건에 관한 얘기인가요?"

곽이정은 당연히 업무에 관한 얘기라고 생각하며 물었다. 그때, 김국현이 곽이정을 가만히 쳐다보더니 활짝 미소 지었다.

"저 한 팀장님이 부르셔서 지원 팀에 가 보겠습니다!"

*   *   *

태진은 아무것도 없는 빈 사무실을 이리저리 살피는 중이었다. 5층에는 매니저 팀의 사무실이 있긴 했지만, 아직 비어 있는 공간들이 많았다. 그리고 그중 일부를 지원 팀의 사무실로 쓰게 되었다.

'3명인데 너무 넓네.'

아직 집기들이 없어서인지 에이전트 부서들의 사무실보다 더 넓은 느낌이었다. 태진은 사무실을 빙빙 돌며 집기들을 어떻게 배치할지 생각했다. 자신의 자리는 어디라도 상관없었지만, 팀원들의 자리가 신경 쓰였다. 그러던 태진이 갑자기 피식 웃었다. 아직 팀원이 정해진 것도 아닌데 설레발치는 것 같다는 생각이 들었다. 사실 벌써 이럴 생각은 없었는데 뜻밖의 대답을 들었기에 마음이 급한 상태였다.

바로 김국현 때문이었다. 김국현의 업무 능력은 함께한 기간이 짧았기에 잘 알지는 못했다. 사실 김국현뿐만이 아니라 MfB의 모든 직원에 대해 잘 알지 못했다. 그저 곽이정이 1팀에 데리고 있는 것만 봐도 능력이 있지 않을까 추측할 뿐이었다.

그러다 보니 어차피 아무 정보도 없는 상태에서라면 같이 일할 때 조금이라도 마음이 편했으면 하는 사람이었으면 하는 생각이 들었다. 김국현은 평소에도 먼저 살갑게 다가와 주었고, 전부터 계속 팀으로 데려가 달라는 말을 했었다.

그렇기에 태진은 먼저 김국현의 의중을 묻기 위해 연락을 했고, 김국현이 허락을 한다면 곽이정에게 말을 하려 했다. 그런데 의중을 묻기도 전에 김국현이 바로 함께하겠다는 대답을 했다. 1초의 고민도 하지 않는 듯 보였다. 이 일로 곽이정과 더 틀어지게 될 것이지만, 크게 걱정은 하지 않았다. 지금은 곽이정보다 남은 팀원을 어떻게 데려와야 할지 고민이 되었다. 그때, 사무실 문이 열리더니 김국현이 고개를 빼꼼 내밀었다.

"팀장님!"

태진을 발견한 국현이 환하게 웃으며 안으로 들어왔다.

"어서오세요."
"팀장님! 저 뽑아 주셔서 감사합니다!"
"아니에요. 제가 감사하죠."

김국현은 환하게 웃으며 사무실을 이리저리 둘러보았다.

"여기 사무실은 처음 들어와 보네요."
"처음 와 보세요?"
"네, 매니저 팀 사무실은 가봤는데 여긴 그냥 지나가다만 봤죠. 매일 잠겨 있어서 곧 채워지겠다 싶었는데 제가 채울 줄은 몰랐네요. 하하. 아! 저 처음 입사했을 때도 1팀밖에 없어서 4층 사무실도 제가 채웠었는데! 제가 채우는 거 전문인가 봅니다. 하하."

아직 어색한지 김국현은 태진의 얼굴도 제대로 보지 않은 채 실없는 말만 뱉어 댔다. 지금도 자신이 가만있으면 어색해질 거라고 생각하는지 한시도 입을 멈추지 않았다.

"후, 공기부터 다르네! 뭔가 자유로운 공기! 그런데 제가 첫 번째예요?"
"네, 그… 아, 호칭을 어떻게 하는 게 좋을까요? 다른 팀처럼 정해야 할까요?"
"그냥 편하신 대로 부르시면 되죠. 곽이정 그 양반도 정하기 귀찮아서 이름 부르자고 한 거 거든요. 뭐, 그 양반만 그런 건 아니고. 다들 귀찮으니까 대충 지었어요. 4팀장님만 빼고!"

그리고 보니 4팀에 있을 때는 이름이 주어진 게 아니라 자신이 정했었다. 그래서 태진도 톨이란 이름을 사용했었다.

"아까 말씀하시기로는 두 명이라고 들었는데 저 말고 다른 한 명은 누구예요? 바로 온다고 그러죠?"

"아, 아직 말을 못 했어요. 국현 씨한테 먼저 전화한 거라서요."

"제가 첫 번째군요! 하하."

딱히 순서를 생각해서 전화를 건 것은 아니었다. 국현이 말하기 쉬울 것 같아서 먼저 연락을 한 것이었다.

"다른 분은 누구예요?"

"4팀에 수잔이라고 아세요?"

"다 알죠. 전 우리 회사 직원 모르는 사람 없어요. 수잔 씨 본명이 박수진이라 수잔이라고 정한 걸로 알고 있어요. 그리고 연극배우 출신으로 로진Ent에서 옮기셨고, 오지랖이 엄청 넓으신 분으로 유명하죠. 또 애가 있는 게 신기할 정도로 귀염 상 동안이신 분."

수잔의 본명과 수잔을 보는 사람들의 평을 처음 들은 태진은 신기한 마음으로 김국현을 쳐다봤다.

"엄청 잘 아시네요?"

"하하. 혹시라도 회사 사람들에 대해서 궁금하신 거 있으시면 저한테 물어보세요."

"그런데 수잔이 오지랖이 넓어요?"

"넓다고 해야 되려나? 어떻게 보면 엄청 넓고 어떻게 보면 아닌데."

"근데 왜 오지랖이 넓다는 거예요?"

"그게 안 해도 될 일까지 해서 그럴 거예요. 그렇다고 누굴 도와주는 건 아니고요. 그래도 성격 때문인지 다들 좋아해요."

곽이정과 하도 부딪히다 보니 맞지 않는 사람하고 일하는 게 얼마나 고역인지 잘 알고 있어서 약간 걱정이 되긴 했는데 수진과 딱히 문제가 없어 보여 다행이었다. 그런데 김국현이 갑자기 태진을 보며, 눈을 반짝거렸다.

"그런데 수잔 씨가 온대요? 역시 팀장님이시라 그런가 보네요."

"네?"

태진은 국현의 말을 이해하지 못하고 고개를 갸웃거렸다.

"곽 팀장이 오라고 했을 때는 단번에 거절했거든요. 우리 회사 아시죠? 분기마다 팀 옮길 수 있는 거. 아, 팀장님 팀 정할 때요!"

"아! 알아요."

"그때 수잔 우리 팀… 아! 이제 아니지! 1팀에 데려오려고 했는데 생각도 안 해 보고 거절했어요. 그런데 한 팀장님이 오라니까 바로 오네요. 역시."

태진은 멋쩍은 마음에 뒷머리를 긁었다.

"아직 말도 안 했는데요?"

"헐."

당황하는 것도 잠시 김국현은 헛웃음을 뱉었다.

"엄청 당당하게 말씀하시길래 온다는 줄 알았어요. 그럼 수잔 씨가 거절할 수도 있겠네요?"

"그럴 수도 있죠."

"그럼 또 생각하신 분은 있으세요?"

"아직이요."

"아, 이렇게 제가 또 필요하네요. 제가 좀 리스트 좀 만들어 둘게요. 요 며칠은 제가 하던 일 인계해야 하거든요. 그거 하면 서 알아보겠습니다! 최대한 우리 팀에 합류할 가능성이 높은 사 람으로!"

수잔이 어떤 결정을 내릴지 예상할 수 없었다. 만약에 거절을 하면 어떤 사람을 팀원으로 데려와야 할지 걱정이었는데 김국현 이 나서 준다니 한결 마음이 놓였다.

'마당발이었구나.'

저런 김국현의 모습에 갑자기 궁금증이 생겼다. 저런 성격이 라면 곽이정 옆에서도 잘 지냈을 텐데 지원 팀에 온 이유가 궁금해졌다.

"그런데 국현 씨는 지원 팀에 왜 바로 오셨어요?"
"아! 그거요. 팀장님 때문에 왔죠! 능력자!"
"진짜로요. 궁금해서요."

국현은 코를 찡긋거리며 웃더니 말을 이었다.

"이유는 다르긴 한데 팀장님 때문에 온 거 맞아요."
"제가 왜요?"
"혹시 기분 나쁘게 받아들이실까 봐 미리 말하는데 전혀 그런 의도는 없거든요."
"네, 괜찮아요. 말씀하세요."
"사실 팀장님이 경험이 별로 없으시잖아요."
"그렇죠."
"그래서 기존 체계하고 다르게 팀을 운영할 거 같았어요. 사실 제가 MfB를 온 게 외국계 회사라서 수직적인 그런 체계가 아니라 수평적으로 회사를 운영한다고 들어서 그런 거거든요. 그래서 왔는데 이건 뭐 말만 그렇지 한국 회사랑 비슷해요. 특히 1팀. 곽 팀장이 데려온 사람이 우리 회사에 엄청 많거든요. 그래서 아주 인맥 문화가! 그냥! 그런데 팀장님은 다를 거 같아서요."

태진도 약간은 느끼고 있었다. 말만 수평적인 사내 문화라며 호칭을 정해 뒀지만, 실제로는 경력이나 학력으로 무시하는 경우도 있었다.

"그런데 제가 뭘 했나요?"
"팀장님이요? 당연히 했죠."
"제가 뭘요?"
"전 이런 게 좋아요. 자기가 한 게 얼마나 대단한 건지 모르고 당연하다고 생각하고 있잖아요. 아! 외국 마인드."

김국현은 엄지까지 치켜세우더니 말을 이었다.

"누가 뭐라고 해도 한 귀로 듣고 한 귀로 흘리시잖아요. 넌 짖어라! 그런 표정이시던데."
"아."
"그리고 어떤 신입이 팀 정하라는데 혼자 지원 팀 한다고 그래요. 보통 까라면 까는 게 신입이잖아요. 그래서 생각했죠. '아, 이 사람은 다르구나. 같이 일하면 학연, 지연 이런 건 신경 안 써도 되겠다' 그런 생각이 들더라고요. 거기다가 실력까지!"

오해가 있기는 하지만, 애초에 신경 쓸 인맥이나 학연이 없었기에 틀린 말은 아니었다. 다만 너무 기대를 하는 모습에 약간 부담스럽긴 했다.

"지금도! 보통 민망해할 텐데 당연하다는 듯 받아들이시잖아요. 하하. 전 그런 게 좋더라고요."

표정 때문에 오해를 하고 있지만, 아직 그렇게 친한 단계는 아니었기에 지금 말을 하기가 좀 꺼려졌다. 그러다 보니 더욱 수잔을 데려오고 싶었다. 수잔에게는 만난 지 얼마 안 돼서 표정에 대해 말을 했었다. 사회생활을 한 지 얼마 안 돼서 그럴 수도 있지만, 수잔만큼 사람을 편하게 만들어 주는 사람이 없었다. 심지어는 매일 전화 통화를 하는 채이주도 수잔만큼 편하진 않았다. 수잔에게는 사람의 마음을 무방비하게 만드는 무언가가 있는 듯했다.

"그럼! 인사드렸으니 인계하러 1팀에 가 보겠습니다! 인계 다 하면 그때 팀장님이 꼭 팀장님한테 말하면 될 거 같아요."
"아, 네. 감사합니다."
"제가 더 감사하죠."

김국현은 씨익 웃고는 사무실을 나갔고, 태진은 숨을 크게 들이마셨다. 김국현이 와 준 것은 고마웠지만, 아직 수잔이 남아 있었다. 태진은 잠시 숨을 고르고는 휴대폰을 들었다.

─이게 누구야! 팀장님이잖아요!
"안녕하세요."
─오랜만인데요? 어쩐 일이에요?
"다름이 아니라……."

태진은 팀을 꾸리게 되었다는 설명과 함께 수잔과 함께하고 싶다는 말을 꺼냈다. 그러자 수잔이 어이가 없다는 듯 헛웃음을 뱉었다.

—하… 너무한데요?

"네……?"

—이런 건 보통 만나서 얘기를 해야죠. 다짜고짜 나 팀 꾸렸으니까 올래? 이러는 건 좀 아니잖아요. 우리 팀장님한테 대충 얘기 들어서 혹시 설마설마했는데 진짜 전화로 그 얘기 할 줄이야!

"아! 죄송해요. 혹시 지금 시간 되시면 만나 뵐 수 있을까요?"

—후! 그래요. 저번에 있던 벤치에서 봐요.

통화로 대답을 들은 김국현과는 상황이 달랐다. 김국현과 달리 수잔은 팀에서 생활을 잘하고 있었다. 태진은 자신도 모르게 수잔을 너무 쉽게 대한 것 같은 마음에 미안해하는 표정으로 서둘러 약속 장소로 나갔다.

*　　　　　*　　　　　*

태진은 커피까지 사 들고 벤치에 도착했다. 벤치에는 바로 나왔는지 수잔이 앉아 있었고, 태진은 서둘러 수잔에게 향했다.

"수잔! 미안해요. 제가 너무 생각이 짧았어요. 팀을 옮기는 건 수잔한테는 큰 결정일 텐데 전화로 얘기하는 건 예의가 아니었어요. 마음이 급해서 거기까지 생각을 못 했어요."

만나자마자 사과하는 태진의 모습에 수잔은 잠시 멀뚱히 태진을
봤다. 그러길 잠시 수잔은 피식 웃더니 태진의 커피를 가리켰다.

"하! 어떤 사람이 만나자마자 그런 얘기를 해요. 인사도 나누
고 커피도 좀 주고! 그리고 커피 사 올 거면 미리 말하지! 나도
커피 타 왔는데!"
"아!"
"가만 보면 하나도 안 변한 거 같아!"

수잔은 피식 웃고는 커피를 한 모금 들이켰다. 그러고는 지금
까지 장난이었다는 듯 코를 찡긋거리고는 입을 열었다.

"사실 사무실에 다 있어서 통화하기가 좀 그랬어요. 아무튼
태진 씨가 저한테 팀 같이하자고 제안할 거라는 거 예상했어요."
"진짜요?"
"그렇죠. 제가 태진 씨 다른 팀에서 생활한 거 들었는데, 별로
친한 사람도 없는 거 같더라고요. 그럼 나한테 제안하지 않을까
생각했죠."

태진은 긍정적으로 흘러가는 분위기에 수잔의 대답이 기대되
었다. 하지만 수잔의 대답은 기대와 달랐다.

"그런데 친한 사람으로 팀을 꾸리는 건 좀 아닌 거 같아요. 전

에 태진 씨한테도 얘기했듯이 전 배우 쪽에만 알지 지금 태진 씨가 하는 음악에 대해서는 하나도 몰라요."

"저도 잘 몰라서 배우면서 하고 있어요."

"그건 더 문제죠. 그럼 전문가를 데려와야지, 친분으로만 간다 면 도움이 될까요? 도움이 되는 건 둘째 치더라도 아무 도움이 안 되면 내가 나한테 자괴감 느낄 거 같은데. 그리고 솔직히 말 하면 걱정도 되거든요. 만약 팀을 옮겼는데 얼마 안 돼서 팀이 사라지면 어떡해요. 지시로 팀을 옮긴 게 아니라 내 의지로 팀 을 옮긴 거라서 원래 팀으로 돌아가기도 좀 그렇잖아요."

수잔의 입장도 충분히 이해되었다. 하지만 이렇게 수잔을 놓 아주자니 아쉬움이 너무 컸다. 만약 다른 곽이정을 포함한 다른 팀장들이나 멀리는 이창진이나 이종락 같은 경험이 많은 사람들 이라면 어떻게 했을까 하는 생각이 들었다. 그러던 중 예전에 봤 던 영화가 떠올랐다.

액션 영화로 은퇴한 팀원들을 찾아가 다시 팀을 꾸리는 그런 내용으로, 현재의 삶 때문에 고민하는 팀원들을 설득하는 장면 이었다. 상황이 다르긴 해도 그때 주인공의 모습이 인상적이었던 태진은 그 장면을 떠올리며 수잔을 쳐다봤다. 그러자 수잔이 순 간 옆으로 움직였다.

"뭐예요! 갑자기 왜 이런대! 팔은 왜 걸쳐요!"

수잔의 반응에 잠시 주춤했지만, 태진은 그 어느 때보다 흉내에 진심을 담았다. 그래서인지 태진을 살펴보던 수잔도 조금 진지해졌다.

'먼저 팀에 합류하라고 권유를 했고 그다음은 상황을 이해하지만 칭찬을 하면서 꼭 필요하다고 했었어.'

대사가 영어인 데다가 그대로 따라 할 수는 없었기에 태진은 어떤 식으로 말해야 할지 생각했다.

"흐음, 이해해요. 이해합니다. 그래도 해 보지 않고는 모르는 거 아니겠습니까? 지금 우리 팀에는 수잔이 꼭 필요해요. 예전에 수잔이 했던 말이 아직도 잊히지가 않습니다. 상대방을 캐스팅할 때는 항상 진심으로 대해야 한다는 말. 막상 일을 해 보니 몹시 어렵더군요."

"지금 연극해……."

"압니다. 다 알아요. 수잔은 자신의 능력을 너무 과소평가하고 있어요. 날 봐요. 날 보면 수잔이 얼마나 대단한 사람인지 알 거예요. 채이주 씨? 다즐링? 전부 다 수잔에게 배운 대로 진심으로 대해서 이뤄 낸 성과예요. 나도 음악은 전혀 몰라요. 심지어는 악보도 볼 줄 몰라요. 그저 진심으로 다가갔을 뿐이에요. 수잔이 했던 것처럼."

수잔의 장점을 생각해 봤지만, 함께한 시간이 짧았기에 딱히 진심으로 사람을 대한다는 것 말고는 떠오르지 않았다. 하지만 그것만큼 가장 큰 장점도 없었기에 태진의 말에 점점 진심이 묻어 나왔다. 그래서인지 태진의 이상한 말투에 인상을 찡그리고 있던 수잔이 뭔가 생각에 잠긴 듯 보였다. 태진은 그런 수잔을 기다릴 때, 수잔이 태진을 쳐다보며 피식 웃었다.

"가래 꼈어요? 갑자기 왜 목소리를 그렇게 긁는대. 자세는 또 뭐고."
"하하."
"웃지 말고요. 진짜 나 음악 하나도 모르는데."
"저도 정말 몰라요."
"이제 태진 씨 목소리 같네. 후, 아무튼 칭찬받으니까 기분은 좋네요. 그런데… 내가 가면 태진 씨도 힘들 거예요."
"제가 왜요? 아니에요. 전 수잔이 있는 게 든든하죠."
"지금이야 그럴 수 있죠."

수잔은 생각이 많은지 잠시 아무런 말이 없었다. 그런 수잔이 갑자기 고개를 젓더니 태진을 봤다.

"나도 같이하면 좋을 거 같긴 한데 태진 씨만 힘들어질 거예요."
"아니에요."
"뭐가 아니에요. 회사에서 사람들이 나 뭐라고 부르는지 모르죠?"

태진은 순간 국현이 수잔에 대해서 했던 말이 떠올랐다.

"오지랖 넓은 거요?"

"어? 아네? 후, 그것 봐요. 태진 씨까지 알 정도인데 얼마나 넓겠어요."

"그 덕분에 제가 잘 적응할 수 있었는데 전혀 문제로 안 보이죠."

"에이, 그런 걸로 오지랖이라고 안 하죠. 내가 예전에 연극배우 했던 건 들었죠?"

"네, 들었죠."

"이름 있는 배우는 알아서 잘하겠지만, 그렇지 않은 배우들이 훨씬 많아요. 극단에 소속되면 다행인데 그렇지 못한 배우들은 배역 하나 따려고 온갖 고생을 다해요. 연극배우들 정보 있는 사이트 있죠? 거기에 올려도 뭐 무명 배우를 누가 보기나 해요? 경험이 쌓여야 얼굴이 알려지고 그만큼 무대에 설 기회가 많아지는데 그게 안 돼요. 가뜩이나 코로나 때문에 힘들었잖아요. 그러니까 꿈은 버리지 못하고 알바로 생계유지하면서 기약 없는 기다림만 계속되는 거죠."

수잔은 숨을 크게 들이마시고는 태진을 쳐다봤다.

"이런 얘기를 왜 하는지 궁금하죠?"

"네."

"내가 그 배우들한테 오디션 정보 같은 걸 주고 있어요."

대화를 듣던 중 태진은 예전 지금 있는 벤치에서 이정훈에게 어떻게 연락을 할지 고민할 때 나눴던 수잔과의 대화가 떠올랐다.

"그런데 수잔은 비즈니스적인 관계가 좋다고 하지 않으셨어요?"

"기억하네요? 기억력 엄청 좋아. 지금도 비즈니스적인 관계가 좋죠. 그런데 왜 도와주냐고요? 내가 못 했으니까! 그리고 그렇게 친하게 지내는 것도 아니에요. 그냥 약간의 정보를 줄 뿐이에요."

"키다리 아저씨 같네요. 그런데 저하고 있을 때도 하셨어요?"

"그땐 업무 중이니까 그렇죠. 제가 말하는 건 업무 외거나 나한테 시간이 있을 때예요. 돈 받은 만큼 일은 해야죠."

"그럼 상관이 없는데."

수잔은 피식 웃더니 오히려 되물었다.

"이쪽 일 해 봤으면서 그런 말이 나와요? 칼퇴근 해 본 적 있어요?"

"아……."

"후, 날 깎아 먹는 거 같아서 내 입으로 말하기 싫었는데… 그래서 난 내 일만 다 하면 누가 도와 달라고 해도 잘 안 도와줘요. 이기적이죠?"

김국현이 수잔에 대해서 말할 때 약간 이해가 되지 않았는데 수잔의 말을 듣고 나니 그제야 이해가 되었다.

"그게 문제예요? 할 일 다하면 상관없잖아요."

"에이! 지금은 나 꼬시려고 그렇게 말하는 거 다 알거든요?"

"아니에요. 진짜로요."

"말이라도 고맙네요. 아무튼 그래요. 지금 팀은 익숙해져서인지 그나마 이해를 해 주거든요. 아! 1팀에 안 간 이유에 방금 말한 것들도 있고요."

수잔은 코를 찡긋거리고는 말을 이었다.

"내가 배우를 그만둔 거에 대해서 후회가 되는 모양이에요. 잘하지도 못했으면서. 그래서 그런가 다른 사람을 통해서라도 성공하는 모습을 보고 싶거든요. 정말 나중에 이름만 거론해도 알 정도로 유명한 배우가 돼서도 나하고 연기에 대해서나 어떤 작품을 할지 의논하고 상의할 수 있는, 그런 믿음이 가는 에이전트가 되는 게 내 목표에요."

"수잔은 비즈니스적인 관계가 좋다고 하지 않았어요?"

"당연하죠. 물론 사적으로는 말고! 일에 대해서만 믿음이 가는 그런 프로페셔널! 뭔 말인지 알죠? 내가 절대 살랑살랑거리는 거 잘 못해서 그런 게 아니라! 그런 관계가 좋다 이거죠."

가만히 듣던 태진은 그게 어려운 건지 이해가 되지 않았다. 채이주와의 관계 때문에 그게 당연하다고 생각했는데 그렇지 못한 모양이었다.

"저희 팀에 오셔서 그렇게 하셔도 돼요."

"푸흡. 진짜 계속 꼬시네! 그건 소속사 차려서 하겠다는 거죠!"

"저는 지금 그렇게 하고 있어요."

"뭘요?"

"저 밤마다 채이주 씨하고 대본 맞춰 보고 그래요. 전혀 나쁘게 보이지 않는데요."

수잔은 약간 놀란 표정으로 태진을 봤다.

"진짜? 뻥이죠? 채이주 배우 지금 촬영 중인데! 뻥을 아주 표정 하나 안 바뀌고! 아! 표정 못 짓지!"

"정말이에요. 신품별 오디션 준비하면서부터 지금까지 계속 대본 맞췄어요. 오늘 새벽에도 통화했는데요."

태진은 확인을 해 줄 생각으로 휴대폰을 꺼냈다. 직접 통화를 할까 했지만, 촬영 중일 수도 있기에 통화 목록을 보여 줄 셈이었다.

"여기 보시면 영상통화로 짧게는 20분, 길게는 1시간. 이렇게 매일 통화해요."

"어… 진짜네. 대부분 채이주 배우가 먼저 걸었네……."

"그러니까 저희 팀 오셔서 하고 싶은 대로 하셔도 돼요. 저도 그렇게 하고 있는데."

"채이주 배우가 이런 사람이 아닌데… 스태프하고 선을 지키는 걸로 유명한데……."

수잔은 신기한지 말끝을 흐리면서 계속 혼잣말을 뱉었다. 그때, 태진의 휴대폰에 메시지가 왔고, 마침 채이주에게서 도착한 메시지였다.

　─태진 씨! 애들 따라 한 거 올라온 거 봤어요. 도대체 언제 한 거예요! 맨날 나 없을 때만 저런 거 해. 커피 차도 그렇고!

　아마 전에 라이브 액팅 제작진이 말한 영상이 올라온 모양이었다. 함께 휴대폰을 보고 있던 수잔도 메시지를 봤고, 신기해하는 표정으로 태진을 봤다.

　"어… 이런 사적인 얘기도 해요……? 채이주 배우 말 잘 안 하는데?"
　"말 잘하세요."
　"커피 차는 뭔데요?"
　"아, 그건 라온하고 일했더니 보내 준 거예요."
　"라온 엔터……."

　기다렸다는 듯이 이종락에게 전화가 걸려 왔다. 태진은 잘됐다는 생각에 수잔에게 양해를 구하고는 곧바로 전화를 받았다.

　─한 팀장님! 내가 사랑하는 한 팀장님! 믿고 있었다고!
　"안녕하세요."
　─우하하! 애들 지금 19 왜 음원차트 올킬 했습니다!
　"아침에 들었어요. 축하드려요."

─아! 축하는요! 다 한 팀장님 덕분인데 저희가 감사하죠! 참 애들하고 같이 있는데 고맙다고 말하고 싶다고 그래서 연락드렸습니다!

다른 때 같았으면 괜찮다고 했겠지만, 수잔에게 보여 주고 싶은 마음에 그대로 받아들였다. 그러자 여럿이 한꺼번에 말해서 시끄러운 소리가 들려왔다.

─형! 우리 1등 했어요! 형 덕분이에요!
─팀장님 때문에 우리 방송 접었어요! 푸하하!
─형! 부장님이 한우 쏘신대요! 이따 오세요!

다른 회사의 가수들과도 친하게 지내는 태진의 모습에 수잔은 아무런 말도 하지 못하고 눈만 끔뻑거렸다.

"오늘은 바빠서요. 다음에 갈게요. 그런데 방송 접었다는 건 뭐예요?"
─야야, 조용히 해 봐. 한 명씩 말해야지. 자식들이.

다시 전화를 바꾼 이종락이 다즐링 멤버들을 조용히 시킨 뒤 입을 열었다.

─방송활동 하면 하도 팬들이 19 왜로 따라 불러서요.
"아!"

—그게 팬들이 갑자기 늘어나다 보니까 통제가 안 되는 애들이 있어요. 그럴 바엔 그냥 아예 행사로 19 왜 부르는 게 나을 거 같아서 방송은 접은 겁니다. 하하, 아무튼 제가 조만간 식사 대접 하겠습니다!

태진이 통화를 마치자마자 옆에서 듣고 있던 수잔이 급하게 말했다.

"도대체 뭘 했길래! 다른 회사 뮤지션이 형이라고 그래요!"

"전 그냥 일한 거밖에 없어요. 그런데 먼저 형이라고 하더라고요."

"어이가 없네. 그럼 자기네 회사 사람들한테도 형이라고 해야지! 그게 말이 돼요? 생각할수록 이상하네. 저번에 SNS에 형이라고 그랬던 게 언플이 아니라 진짜였어."

신기해하던 수잔이 갑자기 눈을 동그랗게 뜨더니 손가락을 팅겼다.

"봐! 봐! 내가 전에 여기서 태진 씨 잘할 거 같다고 했었죠! 거봐! 내가 제대로 봤어! 그래도 신기하다. 당구라도 쳤어요?"

"아니에요."

"와, 난 그런 거 진짜 못하는데. 안 그럴 거 같이 생겨서 어떻게 그렇게 친하게 지낸대."

태진은 그런 수잔을 보며 입술을 살짝 움찔거렸다.

"어! 이거 웃는 건데! 웃는 거예요, 비웃는 거예요? 소리를 내서 웃으란 말이야! 이 사람이!"

"그냥 웃는 거예요."

"어떻게 친하게 지내냐니까 왜 웃어요!"

"그냥 웃음이 나와서요. 전 수잔한테 배운 대로 한 거밖에 없거든요."

"나한테요……?"

태진은 입술을 좀 전보다 크게 떤 뒤 입을 열었다.

"수잔이 처음에 알려 준 대로 진심으로 대했어요. 진심으로 채이주 씨에게 어울리는 작품을 찾았고, 진심으로 다즐링에게 어울리는 노래를 찾았어요. 아마 제가 보여 준 진심이 느껴졌나 봐요."

"아……"

수잔의 눈빛이 크게 흔들렸다. 오늘 본 것 중에 가장 동요하는 모습이었다. 그것도 잠시 수잔은 태진을 노려보며 말했다.

"그럼 내가 보여 준 진심은! 내 진심이 작았나? 뭘 어떻게 보여 줬는데요!"

"하하."

"또 웃어! 로봇 같다고 그랬던 사람들이 이걸 못 봐서 그래!"

"누가 저보고 로봇 같다고 그랬어요?"

"다 그러죠! 철판 깔았다고! 아, 대체 뭘, 어떤 진심을 보여 줬길래 다들 저러지? 아! 물론 비즈니스적인 관계가 좋지만! 그냥 궁금해서!"

태진도 가족 말고 누구에게 보여 준 적 없는 큰 미소를 지었다. 스스로가 얼굴이 굳어 있다는 것을 느낄 정도까지 입꼬리가 올라갔다.

"지원 팀에 오셔서 직접 보세요."

수잔은 기가 찬다는 듯 콧방귀를 뱉으며 태진을 쳐다봤다.

"나랑 또 밀당하네!"

＊　　　＊　　　＊

집에서 글을 쓰던 태민이 의자에 몸을 기댄 채 깊은 한숨을 뱉었다. 김정연 미디어의 편집자와 오랜 상의 끝에 어떤 방향으로 진행할지는 정한 상태였다. 생각할 때는 분명히 재미있는 장면들이 엄청 많았는데 막상 글로 풀려 하니 상상했던 것만큼 재미있지 않았다.

"하아."

벌써 몇 시간째 한 줄도 쓰지 못하다 보니 답답함이 밀려왔다. 더군다나 태진의 방에 있는 태은이 게임을 하면서 고래고래 소리까지 치는 바람에 좀처럼 집중이 되지 않았다.

"야! 갱 좀 오라고 했잖아! 야, 딱 봐도 와야 하는 각 아니냐?"

평소에는 신경이 쓰이지 않을 소리였지만, 민감한 탓인지 굉장히 거슬렸다. 그렇다고 태은에게 뭐라고 할 생각은 없었다. 얼마 전 태진에게 태은이 태진을 간호하겠다고 학교 끝나면 바로 집으로 왔다는 것에 대해 한 말을 들은 상태였다. 지금은 비록 게임이지만 그 안에서 친구들과 만나는 중이었다.

"봤음? 봤음? 더블 킬 쌉 가능!"

하지만 계속 소리를 치는 통에 집중이 안 되는 건 사실이었다. 태민은 크게 한숨을 뱉고는 머리도 식힐 겸 자리에서 일어났다. 대충 휴대폰만 챙기고 밖으로 나온 태민은 아파트 입구에서 걸음을 멈췄다.

"어디 가지."

딱히 갈 곳이 없었다. 애인이 있는 것도 아니었고, 태은처럼 온라인으로 만날 친구가 있는 것도 아니었다. 전부 태진의 사고를 자신의 탓으로 여기다 보니 항상 어두운 표정으로 있었고,

그러다 보니 친구를 사귀지 못했다. 태진이 건강을 되찾은 뒤에는 또 그런 기회가 없었다. 기껏 연락하는 사람이라고는 군대에 있을 때의 동기들이 전부였다.

그런 동기들도 먼 곳에 살다 보니 당장 만날 수 있는 사람이 아예 없었다. 그러던 중 태민이 들고 있던 휴대폰이 울렸다.

"엄마."

—아들, 밥 먹었어?

"어, 먹었지. 갑자기 밥은 왜?"

—아, 일찍 전화할 걸 그랬네. 태은이도 먹었어?

"집에 와서 라면 먹던데. 왜? 뭐 나가서 먹으려고?"

—응, 그럴까 했지. 좀 일찍 전화할 걸 그랬네.

"왜? 무슨 날이야?"

가족들 생일이나 기념일 등을 전부 기억하고 있었지만, 오늘은 딱히 아무런 날도 아니었다. 그때, 약간 수줍은 듯한 엄마의 목소리가 들려왔다.

—아빠가 축하 파티 하자고 해서 그렇지.

"축하 파티? 무슨 축하 파티?"

—엄마 오늘 바리스타 자격증 받았거든. 2급은 시험만 보면 붙는 거라고 말했는데도 아빠가 축하해야 된다고 그러더라고. 그래서 소고기 사 온다고 그래서 물어본 거야.

"정말? 와! 엄마 대단하다!"

―아니라니까. 정말 시험만 보면 붙는 거야. 1급 붙으면 그때 말하려고 그랬는데.

엄마는 그때의 사고로 인해 아직까지 왼쪽 팔을 잘 사용하지 못했다. 그러다 보니 항상 신경이 쓰였는데 저런 소식을 듣자 누구보다 기뻤다.

"아! 엄마! 끝날 시간 됐지. 내가 지금 데리러 갈게."
―엄마 혼자 가도 되는데.
"그냥 데리러 가고 싶어서 그래. 엄마 커피 1등으로 먹어 보고 싶기도 하고. 지금 바로 갈게."
―그럴까? 알았어. 천천히 와.

전화를 끊은 태민은 좋은 소식과 함께 갈 곳이 생겨서인지 발걸음이 가벼웠다.

*　　　*　　　*

커피숍에 입구에 도착한 태민은 입구에서 엄마의 모습을 쳐다봤다. 커피를 배우며 일을 할 수 있도록 시에서 지원하는 카페여서인지 엄마의 동료분들도 나이가 비슷해 보였다. 거기다 누구든 칭찬을 하는 엄마의 성격 덕분인지 다들 사이가 좋아 보였다. 무슨 대화를 하는지 웃고 있는 모습에 태민도 자신도 모르게 미소를 짓고 있었다. 그러던 중 밖으로 고개를 돌린 엄마와 눈이 마주쳤고, 태민은 그제야 카페 안으로 들어갔다.

"아들, 왜 안 들어오고 밖에 있었어."
"아무것도 아니에요."

태민은 가볍게 웃고는 예전에도 몇 번 본적 있는 엄마의 동료에게 인사를 했다.

"안녕하세요."
"아! 안녕하세요. 작가님 오셨네! 영선 언니한테 들었어요! 엄청 좋은 회사랑 계약했다고! 축하해요!"

아직 이렇다 할 작품이 없다 보니 작가라는 말에 그저 어색하게 웃었다. 안 봐도 엄마가 어떤 칭찬을 했는지 알 것 같았다.

"아들, 엄마 10분 정도 남았으니까 잠깐만 안에서 기다려. 커피는 어떤 거 줄까? 아들 좋아하는 달콤한 걸로 줄까?"
"아무거나 줘."
"잠깐만 기다려."

잠시 후 커피를 받아 든 태민은 구석에 자리를 잡았다. 처음엔 카운터 앞에 앉았지만, 바로 앞에서 자신에 대해 칭찬하는 엄마의 말을 듣고 있기가 민망해 자리를 옮겼다. 다만 혼자 이렇게 카페에 앉아 있는 것이 처음이다 보니 영 어색하기만 했다.

딱히 할 것도 없었던 태민은 어색함을 풀기 위해 카페 내부를 둘러보았다. 카페가 그리 큰 것은 아니었지만, 손님은 꽤 있었다. 혼자 노트북으로 뭔가를 하는 사람, 대화를 나누는 사람 등 여러 손님이 있었고, 대부분 젊은 사람들이었다. 그러던 중 여성 두 명이 대화를 나누고 있던 테이블을 쳐다볼 때, 순간 그들과 눈이 마주쳤다. 태민은 바로 눈을 돌렸지만, 여성 두 명은 태민을 힐끔거리며 자신들끼리 속닥거렸다.

'뭐야, 기분 나쁘게.'

태민은 자신도 모르게 옷을 쓰다듬었다. 집에서 바로 나온 터라 옷차림이 너무 편안한 상태였다. 그 와중에도 대화를 나누던 여성 두 명은 무언가를 얘기하더니 이제는 휴대폰을 보며 힐끔거렸다. 그때 여성이 갑자기 태민에게 걸어왔고, 태민은 어리둥절한 표정으로 앞에 온 여자를 쳐다봤다.

"저… 혹시 한 팀장님 맞죠?"
"네?"
"맞죠? 한 팀장님? 저 사진 한 번만 찍어 주심 안 될까요?"

태민은 순간 당황해 눈만 껌뻑거렸다. 자기가 한씨인 건 맞는데 호칭이 영 이상했다. 그러던 중 태진이 떠올랐다.

'형을 알아보는 건가……?'

Y튜브에 태진이 나온 영상이 올라오긴 했다. 물론 밖을 자주 돌아다니는 편이 아니었기에 모를 수도 있었지만, 지금껏 이런 경우는 처음이었다. 아주 잠깐 영상에 나왔기에 그저 지나가는 일이라고만 생각했는데 그렇지 않은 모양이었다.

태민은 형을 알아보는 사람들의 반응이 기분 좋고 신기한 한편, 뭔가 모르게 책임감도 들었다.

"잘못 보셨어요. 저 아니에요."

아니라고 대답을 하면서도 최대한 친절한 표정을 지은 채 입을 열었다. 그러자 앞에 있던 여성이 긴가민가하는 표정으로 태민을 쳐다봤다. 그러고는 이내 사과를 하고 자신의 테이블로 돌아갔다.

"어… 아니에요? 죄송합니다."

자리로 돌아간 여성은 자신이 사람을 잘못 본 상황이 민망하고 웃긴지 일행과 소리 내어 웃었다. 그러고는 다시 대화를 시작했고, 태민은 형의 얘기가 나온 이후인지라 둘의 대화가 신경이 쓰였다.

"내가 아니랬지? 한 팀장이 평일 대낮에 저런 복장으로 커피숍에 있는 게 말이 돼?"

"그래도 비슷하게 생겼다."

"뭘 비슷해. 걔는 싸가지 없게 생겼잖아. 쟤는 좀 더 말랐고."

자기들 딴에는 조용하게 말한다고 했지만, 태민은 전부 다 듣고 있었다. 가뜩이나 복장이 신경 쓰였는데 저런 말을 듣자 더 위축되는 느낌이었다. 거기다 형이 싸가지 없게 생겼다는 말을 듣자 갑자기 화도 치밀었다. 하지만 혹시라도 태진에게 피해가 갈 수 있다는 생각에 듣고 있을 수밖에 없었다. 그때, 방금 말을 건 여성이 입을 열었다.

"하긴 그러네. 오늘 올라온 영상 진짜 신기하긴 하던데. 완전 똑같지 않았어?"

그 말을 들은 태민은 자신이 보지 못한 영상이 있다는 것을 알아차렸다. 얘기하는 걸 봐서는 태진이 누군가를 따라 한 걸로 보였다. 그렇다면 사람들이 관심을 갖는 것도 이해가 갔다. 같이 살면서 봐도 신기한데 처음 보는 사람들이 신기해하는 것은 당연한 반응이었다. 그때, 그 여성의 친구가 입을 열었다.

"뭐가 신기해. 그거 다 편집이야. 그게 말이 되냐?"

"하긴 그렇다. 그냥 목소리만 붙인 건가?"

"막 기계 같은 걸로 만졌겠지. 방송 다 그러잖아."

"아, 그럴 수 있겠다."

귀가 얇은 건지 태민은 친구의 말에 설득을 당해 버린 여성을 보며 답답했다.

"그래도 좀 느낌 있지 않아?"
"외모는 그 정도면 평범하지. 넌 남자 보는 눈이 진짜!"
"내가 좀 그렇긴 한데. 그래도 괜찮던데."
"그것도 다 방송으로 만든 거야. 괜히 가오 잡을려고 표정 관리나 하고 있고. 저번에 채이주가 한 팀장 뭐라고 SNS에 언급한 것도 다 언플일걸? 아마 그 사람 띄워 보려고."
"참가하는 사람도 아닌데 그 사람을 왜 띄워?"
"그건 나도 모르지. 아무튼 으음, 너무 싫어. 괜히 가오 잡고. 완전 내 스타일 아니야."
"난 괜찮던데. 좀 뭔가 시크한 느낌이던데."
"시크 다 얼어 죽었네!"

태민은 이 상황이 너무 싫었다. 다른 일이라면 바로 의자를 박차고 일어나 저쪽 테이블로 갔을 테지만, 형이 관련된 일이다 보니 어떤 게 옳은 건지 판단이 되지 않았다. 아주 잠깐 나온 태진의 일부분을 봐 놓고선 마치 모든 걸 안다는 것처럼 말하는 모습에 기가 막혔다. 태민은 마음을 가라앉히기 위해 숨을 크게 쉬었다.

'아, 일단 뭔 영상 때문에 그런지 먼저 봐야겠네.'

휴대폰으로 영상을 확인한 태민은 왜 저런 반응이 나오는 건지 알 것 같았다. 자주 보던 형의 일상적인 모습이 담겨 있을 뿐이었지만, 문제는 상대방들의 반응이었다. 가족들이야 태진의 상태를 알기에 문제가 없었다. 하지만 영상에 나온 사람들이 태진의 상태를 알 리가 없었다. 그래서인지 태진이 참가자들을 흉내 내는 장면에서 다들 신기해하며 놀라는 모습을 보였고, 태진에게 무슨 말을 하려 했다. 아마도 자신이나 태은이 그랬던 것처럼 또 해 달라는 얘기를 하고 싶어 하는 것처럼 보였다. 하지만 태진의 표정 때문인지 자신과는 달리 참가자들이 머뭇거리는 모습이 영상에 담겨 있었다.

게다가 김정연 작가와의 대화도 문제였다. 김정연 작가가 웃으면서 말을 하는 와중에도 태진은 무표정으로 고개만 끄덕이고 있다 보니 건방져 보일 수도 있었다. 물론 태민에게는 태진이 엄청 긴장한 상태라는 것이 보였지만.

'하아……'

이 영상을 얼마나 많은 사람들이 볼지는 모르겠지만, 본 사람들은 저쪽 테이블에 있는 사람들처럼 태진의 행동을 안 좋게 보는 사람이 생길 것이었다. 아니나 다를까 영상에 달린 댓글 중에도 태민을 화나게 만드는 댓글들이 있었다.

―컨셉충 오지네.
―완전 지 혼자 잘났다는 표정이네. 지 잘난 맛에 사는 애들치

고 문제 안 일으키는 놈 못 봤음. 인정?

　—생긴 거 보면 조만간 분명 문제 생긴다. 관상은 과학이라고.

"하아, 씨발 것들이……."

자신도 모르게 욕이 튀어나올 정도로 화가 치밀었다. 형이 나오는 건 일일이 찾아보는 엄마가 보게 될 것도 걱정이 되었고, 무엇보다 태진이 어떤 상황에 있을지가 걱정이었다. 태민은 일단 태진의 상태부터 확인하기 위해 전화를 걸었다.

"형, 어디야?"

　—응? 회사지.

다행히 목소리는 아무렇지 않게 들려 약간 안심이 되었다.

　—왜? 무슨 일 있어?

"아니야. 그냥 전화했지 뭐."

　—어쩐 일이래. 아, 오늘 저녁 먹지 말고 기다려. 어머니랑 아버지한테도 말씀드려 줘.

"왜? 아, 형도 들었어?"

　—뭘?

"엄마 바리스타 자격증 딴 거 듣고 그런 말 하는 거 아니야?"

　—정말? 잘됐다! 같이 축하 파티 하면 되겠다.

"뭘 같이 해? 형도 좋은 일 있어?"

—어, 나 오늘 정식으로 팀장 됐거든. 그거 때문에 오늘 좀 정신이 없었어. 이제야 잠깐 숨 돌리는 중이야.

아무래도 바쁜 나머지 아직 영상을 확인하지 못해 아무렇지 않은 것 같았다. 태민은 축하를 해 줘야 하지만 걱정이 앞서 말이 나오지 않았다. 그때, 태진의 말이 들렸다.

—나가서 먹을까? 아니면 고기 사 갈까.

그 말을 들은 태민의 눈에 방금 전 태진을 욕하던 사람들이 보였다. 그와 동시에 태민이 입을 열었다.

"그냥 곧바로 집으로 와. 내가 다 준비할 테니까 사람 많은 데 다니지 말고! 알았지?"

『모방에서 창조까지 하는 에이전트』 6권에 계속…